CHARACTERS FILE

私はきっと地獄にいます

寧蕭

人物介紹

皮膚白皙，娃娃臉。
二流偵探小說家，嗜吃如命，大部分時間很冷靜也很懶散，遇到案件時會變得偏執，不服輸。身手不錯，智商很高，有被自己壓抑住的反社會人格。

IT MUST BE HELL

CHARACTERS FILE

徐尙羽

人物介紹

高大俊朗，幽默風趣。
身為刑警隊長，常常讓人搞不懂在想甚麼，但處理案件時總有種信手拈來的自信，十分受到下屬信賴。堅持凶手應被法律制裁，在寧蕭衝動時提醒他冷靜。

IT MUST BE HELL

GOBOOKS
& SITAK
GROUP©

GOBOOKS & SITAK GROUP©

三日月書版

三日月書版

我準是在地獄
1
YY的劣
illust / mi
私はきっと地獄にいます
T MUST BE HELL
三日月書版
輕世代 BL027

我準是在地獄
L
IT MUST BE HELL

CONTENTS

IT MUST BE H

私はきっと

地獄にいます

第一章

寧蕭

IT MUST BE HELL

「如果你可以殺死一個你想殺的人，並且不用承擔任何後果，你會怎麼做？」

時間：某年某月某日凌晨一點三十四分
地點：東城區某街道
事件：主人公提著消夜走在回家的路上，有史以來第一次遇到搶劫
評價：可喜可賀

寧蕭縮著肩膀從大馬路的另一頭走來。夜半時分，寒風獵獵，整條街上除了偶爾響起的一兩聲貓叫狗吠，顯得十分安靜。除了出來覓食的可憐寧蕭之外，不見半個人影。

直到他遇見了搶匪。

「站、站住！」

隨著身後傳來一聲帶著顫抖的呵斥，寧蕭即將踏進路燈光暈中的腳懸在半空中，他的後背被尖銳的物體抵住，鋒銳且帶著寒意的觸感親吻上他的肌膚。

有人在他身後壓低聲音道：「不許動！把你身上所有的錢都交出來！」

呼嘯的寒風吹散了搶匪的聲音，他的話在風中支離破碎地散開，變得模糊不清。

寧蕭抖了抖耳朵，下意識地想回身去看。

「說了不許動！」

搶匪將刀尖往前抵，一時的慌張不小心暴露了他的年齡，那聽起來沙啞卻帶著稚氣的嗓音，明顯是個少年。

寧蕭聽話地，乖乖舉起了手。

看他服從，搶匪鬆了口氣。

「聽著，你只要老實，我就不會動你！現在把口袋裡的錢都掏出來給我，敢做多餘的事就殺了你！」

「呃，那我可以先把消夜放到地上嗎？」寧蕭問。

搶匪一愣，顯然沒想到他竟會問這種問題。在遭遇搶劫的時候，還關心消夜？

「錢給你，我就沒錢了。」寧蕭繼續道，試圖讓自己的聲音聽起來飽含誠意，「我只想保留這頓消夜，不至於餓肚子。可以嗎？」

身後的搶匪沉默了一陣子。

「不許做別的多餘動作！」

寧蕭勾起唇角，輕輕道：「好的。」

他彎腰放下消夜，同時微微向後彎起手肘，似乎只是一個下意識的動作，卻恰好擋住了搶匪握著匕首的方向。

搶匪還沒來得及疑惑，下一秒，只覺得腹部一陣劇痛，一瞬間天旋地轉，等回過神，整個人已經被寧蕭壓倒在地。他握著匕首的手臂被用力地向外扯開，帶來一陣劇痛。

聽著他發出的哀號，就讓人感同身受地感到疼痛。

而寧蕭，則好整以暇地半跪在地上壓制著他，神色嘲弄。

「有時間不在學校好好讀書，學人家搶什麼劫？」寧蕭雙手緊緊扣住搶匪的手腕，讓他無法動彈。「要搶劫也不熟練一點，還有空聽我說廢話？在我開口的瞬間，你就該制伏我。」

寧蕭看向一旁完好無損的消夜，燒烤還冒著微微的熱氣，看起來令人非常有食欲。他心情不錯，便彎腰湊到對方耳邊，戲謔道：「小傢伙，難道你媽媽沒有告訴過你，在外面不要隨便相信陌生人的話嗎？」

匕首早就被寧蕭踢到一邊，少年無論怎麼使勁掙扎都無法掙脫束縛。他現在才發現，自己竟然被這個剛剛準備下手狠宰一頓的肥羊擺了一道！

「你有種放開我！你這個騙子、混帳、無賴！」

寧蕭感到好笑，「騙子？混帳？好像輪不到一個搶劫犯這麼說我。怎麼，小鬼，搶劫失敗你就撒嬌耍賴，你以為這是扮家家酒？嗯，好玩嗎？」

說到最後一句話時，他的聲音陡然變得冷淡。

「好玩嗎？這種會出人命的『遊戲』。」

少年搶匪打了一個寒顫，不知什麼時候，匕首竟然貼上了他的脖頸，緊貼著他的喉結上下摩擦。驚懼一瞬間襲來，讓他徹底失了分寸。

「你、你敢動我試試！你放開我！放開我！」

「放開你？」

似乎是覺得好笑，寧蕭重複了一遍，不過語氣中沒有絲毫笑意。他單手握著匕首，將它在手中靈活地轉了幾圈，冰冷的刀身再次貼上身下人的動脈。

「世界很公平，小鬼。難道只准你用刀對著別人，不准別人拿刀捅你？」

他冷漠的聲音讓少年微微發抖。

「你搶劫的時候，有沒有想過現在這種狀況？你說，要是我在這裡捅你一刀會怎樣？被人拿刀對著的感覺好受嗎？」寧蕭把刀下移，對著少年心臟後方的位置，緩慢摩擦。

「知道嗎？只要我一用力，你的心臟就會被刺穿，滾燙的鮮血隨著傷口流出淌滿一地，然後慢慢變冷變乾。你見過殺豬嗎？其實人的血乾了和豬血看起來沒什麼兩樣。」寧蕭似乎在描述一個普通的情節，詭異的語調卻讓人毛骨悚然。

「早上起床的人看見你的屍體，一定會嚇一跳，對不對？」

寧蕭輕輕笑了幾聲，帶動著手中的匕首一陣滑動，少年嚇得不敢動彈分毫。

他手中的刀尖緩慢地轉著圈，最後在搶匪的心臟後方停住不動。

「其實很簡單，只要這樣——用力！」

「啊啊啊啊啊啊啊啊啊！」

少年淒厲的痛號驟然響起，穿透耳膜，他在地上痛苦地蜷起身軀，彷彿真的被一刀穿透心臟。

寧蕭站起身，扔下匕首，冷眼看著不斷翻滾哭號的少年。

「下次可不會這麼好運了，小鬼。」

他拿起地上的消夜，頭也不回地離開，只留少年恐懼驚慌地摸向自己的背後，沒有刀傷，沒有血液，只有一片被劃破的衣服。

少年瞪大眼睛，似乎仍舊難以置信。半晌，黑暗的角落裡傳來似哭似笑的悲鳴，帶著許多難以捉摸的情緒。

寧蕭已經走遠，聽見身後隱隱的哭聲，不禁皺眉。

「所以我才討厭小鬼。」

小孩子總是不考慮後果，衝動行事，不嘗點教訓，就不知道這個世界長什麼樣子。

經歷了這一段插曲，寧蕭到家的時候，已經是凌晨兩點十分。囫圇兩口將消夜吞下，收拾乾淨，他帶著朝聖般的表情坐到電腦桌前，開始一天的工作——打字。

寧蕭的工作就是打字，文藝一點的說法是文學創作。他把一個個字詞拆開組合，拼成故事，然後讓別人再去拆開組合，隨意理解。

他是一名業餘小說家，寫著二流的偵探小說。

「今天的題目……」嘴裡喃喃著，寧蕭眼睛一亮。「午夜幽靈！」

感謝那位搶匪少年賜予的靈感，寧蕭此時文思泉湧，手指在鍵盤上飛舞著，噠噠聲不絕於耳。他全神貫注，神情帶著一絲隱隱的興奮。

螢幕的藍光映照在臉上，讓他看上去略顯詭異。

然而，此時飛速打字的寧蕭並沒有想到，今晚這場宛如鬧劇的搶劫並未就此落下帷幕，相反，它是一切異變的開始。

一張無形之網，正悄然鋪開。

第二天早上，寧蕭被一連串強烈的敲門聲吵醒。那聲音催魂似地不斷響起，葬送了他最後一絲睡意。

叩叩叩！叩叩叩！

像是有魔鬼守候在他家門口，得不到回應就絕不離開。

寧蕭忍無可忍地從沙發上爬起來。凌晨五點左右才剛剛睡下，他的臉色慘白得像鬼一樣，當然，心情也好不了多少。

他走到門口，一把打開大門。

「究竟什麼事？」

帶著怨氣的聲音在看清來人時戛然而止，寧蕭定睛看著對方，一下子清醒過來。

「你們，找我有事？」

門前站著兩位穿制服的不速之客，其中一個人點了點頭，上下打量著他。

「寧蕭？」

「是我。」

喀嚓。

伴隨寧蕭的回答一同落下的，是銬住他手腕的冰冷枷鎖。

穿著制服的人冷冷道：「我們是警察，現在以故意殺人的嫌疑拘捕你，寧蕭，請跟我們回去一趟。」

對方不帶感情的話語一字一字地砸在寧蕭心上，他的眼睛不受控制地微微睜大。

鳴鳥啁啾，屋外陽光溫暖，寧蕭的心卻十分冰冷，就像對方制服上閃爍著冷芒的警徽。

砰！

身後的門被風吹得轟然關上，彷彿意味著平靜的生活就此終結。

狂風，來襲。

第二章

午夜幽靈（一）

IT MUST BE HELL

明明是中午十二點，外面豔陽高照，屋裡卻冷得像是太平間。

寧蕭坐在椅子上，在他對面一站一坐著兩名刑警。

「剛才說的那些你都明白了？」對方問。

寧蕭點了點頭。

「你現在可以為自己委託辯護人。」刑警用公事公辦的語氣道：「在正式移交公訴之前，我們至少會讓你和辯護律師見上一面。你也可以要求……」

「沒有，不用。」寧蕭打斷他，「我自己可以。」

「你必須要有一名律師！」對面的刑警很不耐煩，「聽著，你有沒有搞清楚狀況？這是刑事程序！作為一名可能被判處死刑的嫌犯，這是你的權利，不然你以為我們沒事找事……」

「我說了，不用。」

寧蕭再次打斷他，並欣賞著對方因此露出的不耐表情。

「按你們所說，在事情有定論之前，我可能是死刑，也可能完全無辜。我之所以願意浪費一整個上午的時間乖乖待在這裡，不是為了聽你們的安排去委託什麼律師，而是為了證明自己的清白。」

寧蕭抬頭看了看牆上的時鐘，十二點十一分，已經錯過了他的午餐時間。這個認知讓他的心情變得不太好，語氣也帶了些諷刺。

「在篤定我是死刑犯之前，你們至少得讓我知道我到底『殺了』誰。還有，警察先生，早上你們逮捕我的時候似乎沒有出示拘票。你們的程序合法嗎？」

寧蕭再次看了時鐘一眼，「最後一點，現在是午餐時間，我要求享用午餐，否則就控訴你們虐待嫌犯。」

他轉過頭，對著眼前目瞪口呆的兩名刑警微笑。

「所以，我的午餐在哪裡呢？」

「媽的。」

刑警愣了好幾秒，低聲咒罵，他才反應過來這次碰上了麻煩人物。他和同伴對視一眼，個子稍矮的警察點了點頭，推開門走了出去。

剛出門，便遇到了另一個人——一個穿著白袍的眼鏡男子。

「裡面情況怎麼樣？」

矮個子刑警搖了搖頭，「有點麻煩，碰上了難搞的傢伙。」

「哦！」戴眼鏡的男人笑了起來，「律師、白領，還是……」他挑了挑眉，用小拇指比了比，在個動作寓意著混黑道的意思。

「都不是，資料上說是個普通人，誰知道呢？」矮個子警察嘆氣，「我要去找隊長，你有沒有看見他？」

「看見了，蹲在外面呢。」

「又蹲在那？」

「你懂的，你們徐隊長他——」眼鏡男想了想，似乎是在找適合的形容詞，「有些別具一格，呵呵。」

徐尚羽被人找到的時候，正蹲在警察局外面的走道上數螞蟻。一百八十幾公分的大男人蹲在地上，專心致志地看著地上的小螞蟻搬家，連有人喊自己都沒注意到。

「隊長，隊長！」

對方一連喊了好幾聲，徐尚羽這才注意到站在自己眼前的人。

「阿飛啊，什麼事？該吃飯了？」徐尚羽伸了個懶腰站起身。等他站起來，旁人才注意到這個人的身材遠比想像中高大。

高眺挺拔的身材，配上一副俊眉星目的容貌，相當吸引人。擁有這副容貌的人應該在電視上、伸展臺上，而不應該出現在一間小警察局裡。

「不是，是想要請你去訊問一名嫌疑人，我們處理不了。」陸飛有些著急道，「就是昨天那個……」

徐尚羽揮了揮手打斷他，然後看了看自己的手表。

「吃午飯的時間到了，走吧，我們先去食堂。」

「隊長！」

「急什麼，天大地大，吃飯最大。」徐尚羽不理會身後焦急的小跟班，拍了拍褲子，起身向食堂走去。

「對了，阿飛，你帶傘了嗎？」

「沒有。」陸飛有些鬱悶，不去訊問嫌犯，吃什麼飯？吃飯就算了，問有沒有帶傘做什麼？有時候真不明白隊長一天到晚腦子裡都在想些什麼。

「我也沒帶。」徐尚羽一臉愁容。「等會兒下雨怎麼辦？」

陸飛抬頭看了看天空，「哪會下雨啊，現在太陽這麼大，天氣預報也說是晴天。」

徐尚羽沒說話，只是看著他一笑。

陸飛背後汗毛一豎，被他笑得有些發寒。

「我們打個賭。等等要是下雨，今晚你就出錢讓我坐計程車回家。」

陸飛潛意識覺得不妙，每次隊長這麼笑就肯定沒好事，但他還是逞強道：

「賭就賭，要是你輸了呢？」

「呵呵。」徐尚羽看著他，帶著讓人牙癢癢的自信。

「我怎麼可能會輸？」

牆上時鐘的分針又轉了半圈，訊問室的門才再次被打開，一個人走了進來，打破了房裡的沉默。

「隊長！」一直和寧蕭沉默相對的刑警像是看到了救星，趕緊迎了上去。

寧蕭看著這個走進來的高大男人。一百八十五公分左右，體型精實健碩，目測至少有六塊腹肌。

被稱作隊長，應該是這幫刑警的上司，外貌卻十分年輕，而且長得太英俊，不像是個警察。

就在寧蕭打量徐尚羽的時候，徐尚羽也在打量這個嫌疑犯。

膚色白皙，臉龐稚嫩，就像是剛畢業的大學生。但是根據阿飛的描述，這個傢伙絕對不簡單，至少不像普通大學生那樣單純。

徐尚羽稍微在腦子裡想了一遍，笑吟吟地走了過去。

「寧蕭是嗎？你好。」

他大大方方地在寧蕭對面坐下，手裡順便送上一個便當。

「喏，你的午餐。抱歉晚了點，吃吃看合不合胃口？」

這個傢伙還算有良心，寧蕭看見便當，心情微微好轉。

「有什麼菜色？」

「紅燒茄子、雞腿、青菜炒香菇。」

「外面買的？」寧蕭打開便當，香味撲鼻而來。

「不是，在食堂裝的，你不嫌棄就好。」

食堂裡的菜？寧蕭看著鮮嫩的雞腿有些嫉妒，「你們員工餐廳的菜色比我過年吃的還好。」

「不會吧？你平時都吃些什麼？」

「泡菜、泡麵，偶爾買些燒烤來吃。」寧蕭夾起一塊茄子，嚥下去的瞬間，感動無比。他多久沒吃到熱呼呼的菜了？不記得了。

徐尚羽詫異地看著他，「就吃這些？年輕人總是吃泡麵對身體不好。」

「我知道，但沒錢有什麼辦法？能省就省。」

再吃一口雞腿，寧蕭覺得眼淚都快要掉下來了，人間美味啊。

徐尚羽看向他的眼神多了些憐憫。

「沒錢也可以吃得更健康。煮個麵和青菜，打個雞蛋，比泡麵香多了。」

「我不會煮麵，家裡也沒有瓦斯。」

「這還不簡單，有電磁爐就行了，你家有嗎？」

「好像有，我回去找找。那麵要怎麼煮？」

「煮麵就是……」

陸飛目瞪口呆地看著兩個人開始閒聊，話題一個接著一個，轉眼間已經聊到買哪個牌子的洗衣精更省錢划算了。他與身旁的趙雲大眼瞪小眼，滿臉不可思議。

這是他們隊長？

這個一臉苦悶談著洗衣精的傢伙，就是剛才那個囂張死不合作的嫌疑犯？這兩個人在警察局的訊問室裡聊起婆婆媽媽才會聊的話題？太詭異了！究竟是他們太落伍，還是眼前這兩人太另類？

寧蕭終於吃飽了，便當被他舔得乾乾淨淨，一粒米都沒放過。

徐尚羽憐憫道：「別急，想吃還有，下次再裝給你。」

寧蕭聞言，放下便當，看了他一眼。

「不用了，我還是回家自己吃吧。」

他擦了擦嘴，把便當收拾放好。

「你們找我究竟有什麼事？」

「其實也沒什麼。」徐尚羽輕描淡寫道：「只是有個人，想問你認不認識。」

「誰？」

「阿飛，照片。」

徐尚羽抬了抬手，陸飛遞上了一張照片。

「這個人你認識嗎？」

寧蕭看著照片上穿著乾淨的學校制服、頭髮梳得整整齊齊的高中生，覺得有些面熟，但是想不起來在哪見過。

他皺了皺眉，渾然不覺自己此時的一舉一動，都被對面的人看在眼裡。

「不認識？」徐尚羽的目光仔細掃過寧蕭的臉龐，漫不經心地問。

「有別的照片嗎？」

陸飛又遞過一張，這張照片上的人氣色沒前一張那麼好了。

這一次，寧蕭認出了照片上的人，是昨晚搶劫他的少年。

他的視線在照片上停留了很久，似乎把每一個細節都一一打量過。許久，他抬起頭，看向對面的徐尚羽。

「你們懷疑是我做的？」

徐尚羽微微一笑。「你只是有嫌疑而已，不一定是你。」

「你們現在逮捕了幾個嫌疑犯？」

「呵呵，就你一個。」

「那一共有幾個嫌疑犯？」

「嗯，一個。」

寧蕭明白了，向後一靠，臉上一片了然。

「所以我現在是唯一的嫌疑人？」

沒有人發出聲音，但這是板上釘釘的事實。

在難捱的沉默中，寧蕭冷靜道：「不是我做的。」

話音剛落，就像打開了潘朵拉的盒子，緊張的氣氛在室內蔓延開來。

外面的陽光依舊燦爛，卻無法溫暖屋內。

桌上，一張照片被陽光照得微微反光。少年慘白的臉龐浮現其上，而更引人注目的，是他背後那個被人一刀刺穿、血淋淋的傷口。

寧蕭再次出聲。

「我只說一次，我沒有殺他。」

第三章

午夜幽靈（二）

IT MUST BE HELL

昨天，不，今天凌晨還見過面的人，早上卻被人告知他已經死亡，並且還有人指著你的鼻子，說你就是殺人凶手。

一般人遇到這種情況，會有什麼反應？

寧蕭不知道，他現在唯一的反應就是一句話。

「證據。」

他說：「證明我是凶手，先拿出證據。」

作為一個普通人，他從來沒有想過自己有一天也會待在訊問室，被一群刑警圍著訊問。

這和寫小說完全不一樣。寫小說的時候，他就是高高在上的神，主導著劇情發展。而現在，神跌落凡間，被人拷上枷鎖。

寧蕭從沒有想過，寫了那麼多偵探小說，第一次在現實裡跟刑警有所牽扯，竟然是因為自己被懷疑是殺人凶手。這感覺當真不太好受。

徐尚羽點頭，「我當然知道你還不是殺人犯。」

他微笑，「你只是有殺人的嫌疑而已，寧蕭。」

眼前這個笑面虎刑警明顯不好對付，寧蕭寧願自己遇到的是一個無能的警察，也比遇上這種老油條好。被這種人盯上，除非徹底洗清嫌疑，否則別想自由。

「我想知道為什麼懷疑我？」寧蕭重複了一遍，盡量把自己的意思表達清楚。

徐尚羽觀察著他，覺得這個人很有意思。

「聽說你不打算請律師，為什麼？」

「沒錢，嫌麻煩。」寧蕭沒好氣道：「不過我現在改主意了，麻煩幫我指定辯護律師，我不想下半輩子死在監獄裡。」

「你不是認為自己沒有殺人？」

「是啊，但是我說我沒有殺人，你信嗎？」寧蕭翻了個白眼，「而且我昨晚的確見過他，在你們看來嫌疑只會更大。」

「你昨晚在哪見過死者？」

「他搶劫我。」

「然後呢？」

「他搶劫失敗，我回家睡覺。」

「中間發生了什麼？」

寧蕭沉默了一會，才不情願地說道：「我教訓了他一頓。」他本來只是打算嚇一嚇那個小鬼，沒想到後來會有這些事。

徐尚羽可以判斷這個人說的是實話，但是對方的坦白讓他有些吃驚。其實路邊的監視器早就將寧蕭的舉動錄了下來，他之所以再問一遍，只是一個測試而已。

顯然，眼前的這個傢伙很誠實。這種誠實讓徐尚羽做了一個決定，一個讓他自己都驚訝的決定。

「阿飛。」

「在。」

「去把錄影拿來。」

陸飛吃驚，「可是隊長，這樣不符合規定。」

「你不說我不說，誰會知道？去拿。」

見隊長似乎鐵了心，陸飛只能從命。

徐尚羽再次轉頭，對著寧蕭露齒一笑。

「你不是要證據嗎？拿給你看。」

五分鐘後，訊問室內四個人蹲在房間看監視錄影。

「這是今天凌晨一點到兩點的畫面。」陸飛指著螢幕，「在這上面可以看到死者一直在這一區徘徊，意圖不明。」

「他意圖搶劫。」寧蕭道。

陸飛不理他，繼續看錄影。

「凌晨一點三十分左右，寧姓嫌疑人經過，與死者有所接觸。」

寧姓嫌疑人說：「是有接觸，他搶劫我，我反抗，順便進行了一次友好交流。」

陸飛忍無可忍，「友好交流？」

他指著錄影上的暴力畫面，「有你這種把人壓在地上、用刀抵住別人脖子的『友好』交流嗎？」

「不然呢？你指望我對一個搶劫犯說什麼？循循善誘，勸他向善？」寧蕭換了個姿勢，表情冷漠。「我和他很熟嗎？」

「你！」

「阿飛。」徐尚羽即時打斷他們，「繼續看錄影。」

凌晨一點五十分，寧蕭離開監視錄影的範圍，留下少年一個人躺在地上一動也不動，要不是偶爾的抽動，幾乎讓人以為他已經是具屍體了。

他在哭，寧蕭知道。他昨晚聽見了少年的哭聲，很響，很傷心。

「十分鐘後，死者離開十三號監視器的範圍。」陸飛在一旁解說。

寧蕭聚精會神地看著，他離開的時候，少年明明還平安無事，今天早上卻變成了一具冷冰冰的屍體。如果有什麼不對，一定是在這之後發生的。

監視畫面中，少年擦乾眼淚站了起來，他走到路燈下，又獨自站了好一會。漆黑的夜裡，只有被路燈照亮的這一片區域是明亮的，看起來就像是一個人被黑暗包裹住，慢慢吞噬。

「離開這片監視區域後，就再也沒有監視器拍到他。今天早上五點，清潔人員在二十公尺外的街角發現他的屍體，背上插著一把匕首。」陸飛瞥了寧蕭一眼。「發現時已經死亡，估算死亡時間是凌晨兩點。」

「你們認為是我回去把他殺了？」

寧蕭盯著螢幕，突然笑了。

「多好、多完美的劇本！唯一的犯罪嫌疑人不僅具備作案動機，凶器上還帶有他的指紋，時間也匹配。這一切簡直在直接大喊：『你是凶手！』除了我，凶手還能是誰呢？」

他笑得眼睛都瞇成一條縫，看著身邊的三個刑警，「所以你們也都這麼認為，我殺了他。」

陸飛和趙雲的表情不言而喻，他們的想法毫不掩飾，正如寧蕭所想的那樣。只有徐尚羽的心思猜不出來，他不動聲色地看著寧蕭，等他笑完才開口說話。

「你自己認為呢？」徐尚羽說：「如果你想證明自己不是凶手，可以辯解。」

「凌晨兩點十分，我剛到家。之後一直在工作，直到五點才休息。」

「有證人嗎？」

寧蕭搖了搖頭，「我一個人住。」

「有人能證明你那時候在家嗎？」

「不能。」

他工作時討厭被打擾，所以從不登入任何通訊軟體，也關了手機，連編輯都別想找到他。現在這一切，都成為了證明寧蕭清白的阻礙。

他沒有證明自己不在場的證據。

「哦，那真是太巧了。」陸飛嘲諷道：「沒有不在場證明，我們可憐無辜的嫌疑犯就要面臨殺人指控了。」

「阿飛！」徐尚羽喝止他。

陸飛悶悶不樂地哼了一聲，他一直不滿意寧蕭囂張的態度。

徐尚羽無奈地看著自己的隊員。身為一名刑警，被感情左右是大忌，而這傢伙老是容易衝動。

「是很巧。」寧蕭沒有生氣，「匕首被我摸過，有我的指紋；正好他搶劫了我，我有動機；再加上我一個人住，無法證明自己不在場。如果這是本小說，那麼只有兩個可能。」

「什麼可能？」徐尚羽饒有興趣地看著他，追問。

「一，我被人冤枉，凶手另有其人。」

「還有呢？」

「還有？」寧蕭挑起嘴角，輕描淡寫地就像在說別人的事情。「另一種可能，就是我真的是凶手，現在只是在狡辯，試圖迷惑你們。」

他抬起眼，深色的眸子緊緊盯著眼前的人。

「警察先生，你認為我是哪一種？」

寧蕭的眼睛是深黑色的，連瞳孔都是黑的。他專注地望著一個人的時候，好像連人的靈魂都會被吸引進去。

徐尚羽不自覺地愣了一下，隨即自嘲地扯了扯嘴角。

「我不叫警察先生，我姓徐。」他露出笑容，向對面的嫌疑犯伸出手。

「徐尚羽，刑警中隊隊長，偵查你涉嫌案件的負責人。」

寧蕭盯了他一會，才伸出手。

「寧蕭，無業遊民，你偵查案件中的凶案嫌疑人。」

徐尚羽握住他伸出來的手，意外地覺得好摸，就連對方指尖的那些老繭，也似乎在他手心留下了繾綣的觸感。

鬼使神差地，他又加了一句話。

「二十七歲，未婚，身體健康，性取向男，沒有不良嗜好。」

這句話說出來，別說是陸飛和趙雲，就連寧蕭都愣住了。

這個一臉腹黑的刑警隊長是在暗示什麼？示愛？交友？相親？他以為這是什麼地方？

看見寧蕭臉上難得露出的愣然，徐尚羽笑得更開心，右頰露出一個淺淺的酒窩。

「等你洗脫嫌疑，我可不可以邀請你來場約會？」

寧蕭總算反應過來了，他看著徐尚羽，就像在看世界上唯二的白痴——其中一個是他自己。

「你想泡我？」

「糾正，是追求你。」

「你是刑警，而我是凶案嫌疑人。」

「有什麼問題？」徐尚羽一臉無辜，「放心，我不會徇私廢公，等你洗清嫌疑我才會開始行動。」

哈，哈哈哈！寧蕭真想仰天長笑，誰管你是不是徇私廢公！你這是在調戲我，還是在挑釁我？

他壓抑住心中翻湧的情緒，對上徐尚羽那張英俊的臉龐，開懷地笑了。

「好啊。」寧蕭眉毛輕揚，輕聲道：「有種你就試試看。」

徐尚羽瞇著眼睛看他。

「有沒有人說過你笑起來很勾人？」

勾你個頭啊！寧蕭差點把空便當丟到警察臉上，不過他還是忍住了。

「有，你是第一個。」

「榮幸之至。」

兩人不再說話，只是相互對視著，眼神交流間好像有火光電流溢出。只不過一方是興趣滿滿，另一方是惱火肆意。

誰來告訴我這都是夢，我一定是在幻聽。

陸飛脆弱的精神差點受不了打擊。

我們隊長跟殺人嫌疑犯告白？

我們隊長在訊問室跟嫌犯調情？

我們隊長喜歡男人？

這個世界究竟是哪裡不對，感覺像是突然從推理懸疑走到了青春言情，他是進錯片場了吧？陸飛喃喃自語，覺得自己弱小的心靈受到了重創。

「你們隊長一直都不正常，你才發現？」一個幸災樂禍的聲音打破了房內的沉默。

所有人齊齊轉過頭去，看著房內出現的第五人。

門口，穿著白袍的眼鏡男子推了推眼鏡，對著眾人微笑，露出一口白牙。

「打擾你調情真是不好意思，徐隊長。不過我有事要報告，你要不要聽？」

「什麼事？」

「驗屍報告出來了。」眼鏡男子拖長了語調，目光在寧蕭身上一掃而過。「丁一言的。」

「誰？」寧蕭皺眉。

「丁一言啊。」白衣男朝他笑了笑，「就是那個疑似被你殺死的少年。」丁、一、言。

寧蕭的目光落到桌面的照片上，其中一張，少年穿著白色T恤，正咧嘴大笑，朝氣蓬勃。

直到這一刻，寧蕭才有了真實的感覺。

這個死去的人，不是書中的人物，不是隨意描繪出來的一個角色，而是一個有血有肉、有名有姓的男孩。

他叫丁一言。

他正值年少。

他死了。

寧蕭沉默許久。

「我想去看看他。」

「誰？」徐尚羽問。

「丁一言。」寧蕭說。

那個被他「殺死」的少年。

第四章

午夜幽靈（三）

IT MUST BE HELL

「丁一言！」

耳朵被人緊緊地揪著，丁一言哀號一聲抬起頭，就看見數學老師那張晚娘臉惡狠狠地看著自己。

「上課睡覺！丁一言，你記不記得你上次月考數學考了幾分？昨天的作業你十題錯了九題！」數學老師鬆開他的耳朵，「明天把你家長叫來，我要和他們好好談一談。這個月你太不像話了！」

「……他們沒空。」

「你說什麼？」數學老師又回過頭，狠狠瞪了他一眼。

「沒，我說好的，老師。」

直到再三保證會把家長請過來，丁一言才從數學老師的魔掌下逃脫。他揉了揉自己發紅的耳朵，嘆氣。

晚上回去該怎麼向家人解釋？再說，就算自己坦誠以告，老爸老媽真的有空來學校嗎？

他們忙著離婚都來不及了。

自從上個月老爸在外面找的小三被發現，丁一言家裡的戰爭就從未平息。每天回家，兩個大人不是吵架就是互相摔東西，他已經看膩了。他現在就等著他們離婚，越早離越好！這樣他才能過清淨的生活。

而家裡父母鬧離婚的事，他沒有跟任何人說，當然也沒有對象可以傾訴。他在學校沒幾個朋友，網路上倒還有一些。最近加入了一個網路社團，讓他更加抽不出時間面對現實，每天都沉溺在虛擬的世界之中。

「我已經煩死每天回去都要聽他們吵架！」放學路上，丁一言滑著手機，和網路對面的人聊天。

「那就別回去。」

「不回去我能去哪？」

「天大地大，還要煩惱沒有容得下你的地方？」

「你是要我離家出走？」

這次，對方沒有回覆。

丁一言握緊手機，終究沒敢動什麼大膽的念頭。他已經走到社區門口，抬頭望了望四樓，家裡的窗戶一片漆黑，不見燈火。

這幾天都是這樣，老媽回娘家，老爸整個晚上都不回來，每天迎接丁一言的只有冷冰冰的房間和空無一人的家。

他自嘲地笑了一聲，「離家出走？他們都先走了，哪裡還輪得到我？」

丁一言提了提書包，抬腳踏進昏暗的樓梯間。

「小心腳下。」

要不是白袍男子及時提醒了一聲，寧蕭差點被絆倒。他低頭看去，只見腳下有一個高約十公分的門檻，一不小心很容易被絆倒。

停屍間裡竟然還要設置這種門檻，警局的人究竟都在想些什麼？

白袍男子若有所覺，回頭笑了笑。「工作需要。」

寧蕭不再說話，被幾個刑警團團圍著進了房間。一進門，感覺溫度像是驟降了十度，整個房間內瀰漫著一種冷冰冰的氣氛。

一排排的高大鐵櫃上下堆疊，裡面有好幾十個特殊冷凍裝置——保存屍體用的。房間的最中央則是一張類似手術桌的大檯子，檯腳有一些鐵鏽色的不明痕跡。

「歡迎來到我的工作室。」白袍男子指了指自己，「季語秋，在這裡的刑事鑑識中心工作。」

他對寧蕭微笑。「到這裡來的犯罪嫌疑人，你還是第一個。」

「我很榮幸。」寧蕭道，「但我肯定不會是最後一個。」

「哈，徐尚羽，這人還真有點意思。」法醫季語秋對一旁的刑警隊長擠眉弄眼。「難怪你會看上人家。」

徐隊長看了寧蕭一眼，厚臉皮地說道：「不然，一般人我能看得上？」

季語秋鄙視他。「你的自戀症已經沒救了，老徐。」

「有本錢的人才自戀，沒本錢的人只會嫉妒。很明顯我是前者，而某人是後者。」

季語秋忍了忍，「你是不是一天到晚不惹我你就不開心？我告訴你，老徐……」

「別這樣，我可禁不起你這麼喊，我還沒你老。」

「徐尚羽——」

季大法醫難以隱忍地提高嗓門，眼看兩人就要吵了起來。

「都閉嘴！」

一聲冷呵打斷了這兩位的爭吵。

「想吵架的話出去。現在是工作時間，兩位知不知道什麼是最重要的事？我不管你們怎麼想，這件事關係到我的清白，誰耽誤時間就是耽誤我的命，不要怪我……」

寧蕭說到一半，發現附近幾人的眼神都變得有些怪異，才意識到自己說了些什麼。他閉上眼睛，再次睜開時已經沒有了剛才的氣勢。

「抱歉，一時著急，衝動起來就會控制不住自己。」寧蕭嘆了口氣，看向徐尚羽和季語秋兩人。「你們還要繼續吵嗎？」

兩位齊齊搖頭。

「那我們可以開始檢查屍體了？」

兩位齊齊點頭。

寧蕭滿意地笑了。

「季法醫，請開始你的工作吧。」

季語秋不再廢話，走到一排鐵櫃前，開始動作起來。

而徐尚羽身後，兩位跟班的小刑警還驚魂未定。

「這人好強啊，竟然能鎮得住我們隊裡的兩大魔頭。」陸飛看著寧蕭的眼神多了點敬佩。「肯定不是普通人。」

「普通人能當殺人嫌疑犯？」趙雲吐槽。

徐尚羽沒有發表意見，只是他的笑聲讓陸飛又起了一身雞皮疙瘩。他觀察著寧蕭，此時的他已經完全沒有剛才和季語秋爭吵時的衝動，好像之前的爭執完全是逢場作戲。

陸飛看了看自家隊長，又看了看站在季語秋身邊的寧蕭，心裡默默畫了個十字，也不知道是在為誰祈禱。

季語秋拉出一個冰櫃，打開屍體外面裹著的屍袋拉鍊。

「丁一言，我想你昨天應該見過他。」

剛剛從冷凍櫃裡取出的屍體裹著一層白霜，寧蕭不動聲色地打量著那個熟悉又陌生的面容。十幾個小時前，他見到這個少年的時候，他還是鮮活的、有呼吸的，現在卻只是一具冰冷的屍體。

「他的死因？」他聽見自己的聲音問道。

「背後的一刀戳穿心臟。」

寧蕭聞言臉色一白。

一直在觀察他的徐尚羽注意到了，便問：「有什麼不對？」

「凌晨，我遇到他的時候，他準備搶劫。」寧蕭深吸了一口氣，緩緩道：「但是我反制住他，後來又給了他一點教訓。」

「這個我們都看到了。」陸飛插嘴道：「你把他壓在地上揍了一頓，監視錄影裡都有。」

「不，不只是這樣。」

寧蕭聽到自己的聲音在微微發抖。

「我把他壓在地上，起先只是想嚇嚇他。後來看他一直掙扎，就拿起他的刀……」

周圍的人此時都屏住了呼吸，看著寧蕭。

「我問他，人命好玩嗎？」寧蕭道：「然後，拿著刀，從背後對著他的心臟比劃了一下。」

房內一片寂靜，冰冷的空氣彷彿連人的毛孔都要凍住。寧蕭呼吸著，卻感覺寒意停留在心口，幾乎要將他整個人冰封。

「我那時候沒有刺進去，沒有。」

整個房間只有寧蕭一個人的辯解，其他人都沒有出聲。

季語秋突然問：「丁一言是凌晨兩點左右死亡，你什麼時候到家？」

「兩點十分。」

十分鐘，完全有時間作案。

寧蕭把情況說出來的那一刻就知道，自己想要擺脫殺人的罪名，幾乎是不可能了。

死亡方式、時間、動機，一切都那麼地吻合，簡直就像在說這世上除了他寧蕭之外，誰還有可能是凶手？

「隊長，這……」陸飛為難地看著徐尚羽。

其實之前他也有些動搖，認為這樣清醒理智的寧蕭，應該不會是殺害少年的凶手。然而現在證據確鑿，寧蕭也清口承認自己曾對死者做了什麼，這還有什麼好辯解的呢？

「寧蕭。」徐尚羽道：「你說你當時只是比劃了一下，並沒有刺進他的後背？」

「我記得是。」寧蕭的臉色蒼白，「不過，我不確定。」

「什麼意思？」徐尚羽緊緊盯著寧蕭。

許久，寧蕭才開口：「我要見醫生，心理醫生。」

如果說十分鐘前，寧蕭可以確定他沒有殺死丁一言，現在，他已經無法那麼肯定了。

腦中的記憶告訴他，他昨晚並沒有對少年痛下殺手……對於其他人來說，這份記憶完全可以確信自己的清白，但是寧蕭不一樣，他的記憶會欺騙他。

「我要見心理醫生。」

寧蕭再次出聲，震驚了所有人。

「我懷疑，我就是殺死丁一言的凶手。」

第五章

午夜幽靈（四）

IT MUST BE HELL

徐尚羽盯著對面的人看，已經將近十分鐘了。

這期間，他們沒有說一個字，一個任憑對方盯著，一個逕自盯人，十分有默契。其他人就沒有這麼鎮定了，陸飛甚至急得在原地轉圈。

「心理醫生，心理醫生！寧蕭，你腦子有病怎麼不早點說？」

「我的大腦沒毛病。」寧蕭眼睛都不睜開地答道。

「那你為什麼要見心理醫生？」

沒人回答他，陸飛猶如一隻暴躁的哈士奇在房間裡轉來轉去。

「要是測出來你精神有問題，你倒可以不用負責，可是我們該怎麼跟死者家屬交代？跟他說『抱歉你兒子被一個瘋子捅死了，請節哀』？他們不把警察局拆了才怪！喂，寧蕭，你確定你不是為了擺脫責任才說自己有病？你……」

「閉嘴。」徐尚羽一把抓住陸飛的領子，罵道：「你就不能安靜地坐著？」

陸飛撇了撇嘴，不滿地看著自己隊長。

「還沒追到呢，就胳膊向外彎了。趙雲，你說我們以後該怎麼辦？」

「你可以趕快去討好未來大嫂。」

「他是嫌疑犯！」

「很快就不是了。」

陸飛怒目：「什麼意思？你是說我們隊長會濫用公權力，幫自己的心上人擺脫嫌疑？趙雲啊趙雲，我看錯你了，我們隊長是這種人嗎？啊！是嗎？」

趙雲搖搖頭：「難說。」

徐尚羽聽著他們一個扮黑臉一個扮白臉，哭笑不得。

「行了，你們兩個。」他一人給了一拳，對著手下的兩個小混蛋道：「不就是故意說給我聽的，還真當我看不穿你們的伎倆？」

「唉，隊長。」陸飛偷偷瞥了閉目養神的寧蕭一眼。「我們不就是擔心你嘛……為了你的大好前途，不要想不開啊。」

「想不開什麼？」徐尚羽彈了一下他的額頭。「你以為我像你一樣感情用事？別小看我。」

見徐尚羽一臉認真的模樣，陸飛和趙雲總算放下心來。

「隊長。」這時外面又走進一個人來，探頭對徐尚羽道：「心理醫生到了。」

聽見這句話，寧蕭倏地睜開眼，直直望向門口。

一位年約三十的女性跟在警察身後走了進來，她先是將房內所有人都打量了一遍，目光才投到寧蕭身上，問：「怎麼了，又復發了嗎？」

寧蕭看著她，搖了搖頭。

「我知道了，待會幫你做個測試。」心理醫生又看了看周圍的幾個人。「幾位警察先生能不能先出去一下？我想我的患者需要一點私人空間。」

「這裡是警察局，他是我們的嫌犯。」陸飛皺眉道。

「是的，嫌犯。」醫生毫不退縮，「但他還不是被告，也還不是罪犯，他有權保護自己的隱私。」

「我知道了。」徐尚羽打斷了還想要再說些什麼的陸飛，「我們出去，這房間交給妳和寧蕭。治療需要多久？」

「一個小時。」

「明白，一個小時後我們再來。」

徐尚羽拉著不滿的陸飛和趙雲退出了訊問室，將空間留給房內的兩人。

「隊長！」陸飛一出來就埋怨道：「你怎麼能讓他們單獨待在一起，要是他們串供呢？萬一他們轉移證據呢？」

「少囉嗦。」徐尚羽不理他，逕自走著。

「誰剛剛還在說自己不會感情用事……」

徐尚羽推開一扇大門，無奈地看著身後碎碎念的人。「陸飛，你要不要進來，還是繼續在外面廢話？」

陸飛一愣，看著徐尚羽推開的房門。

「這是……」

「監控室。」徐尚羽狡猾地笑了笑，「我說把房間留給他們，我有說不監視嗎？」

「隊長！」陸飛感動得淚眼汪汪，「你真是太英明、太神武、太睿智了！」

同樣，也太陰險了。

於是，就在寧蕭和心理醫生展開談話的時候，並不知道他們的一言一行都被刑警們看在眼裡。

像往常一樣，寧蕭坐在椅子上寧神靜心，而醫生開始問他問題。

「最近睡眠怎麼樣？」

「還可以。」

「有作夢嗎？」

「有，但是不記得了。」

「對夢的印象不深刻，代表沒有太讓你掛心的事。」醫生點了點頭，「最近有沒有發生什麼刺激你的事情？」

「被指控是殺人犯算不算？」寧蕭反問。

醫生苦笑：「寧蕭，不要用這種態度回答我的問題。現在你是我的患者，我想要治療你，需要你的配合。」

寧蕭收斂了口氣，「抱歉，心情不太好。」

「我理解。除了這件事，有沒有其他方面讓你產生巨大壓力？」

寧蕭想了想，「趕稿？」

說起來他的截稿日期快到了，編輯這時候找不到他的人，會不會急瘋了？不過這也不關他的事，他現在自己的性命都難保呢。

「當然不算。總體而言，你最近的情緒並沒有太大的起伏。」醫生在本子上記錄了片刻，抬起頭看他。「為什麼會懷疑自己復發了？」

「我昨天……」

寧蕭把事情跟醫生詳細地訴說了一遍。

語畢，他略帶焦急地看著她，「不可能有這麼巧合的事，對不對？」

醫生沉默了許久，「是的。」

「那麼只有一種可能。」寧蕭道：「我在激動之下殺了他，自己卻忘記了。」

他自嘲，「我的大腦選擇遺忘某一段記憶，這也不是第一次了，醫生。」

間歇性失憶，這是寧蕭罹患的疾病。嚴格來說，這不能算是一種生理上的疾病，因為寧蕭的失憶是心理原因帶來的，藥物無法根治。

從三年前的某一夜開始，寧蕭就患上了這種疾病。

最開始的時候，他每隔幾天就會失憶一次，不得不在身邊準備一本筆記本，上面記錄了他每天做了些什麼，又應該做些什麼。幾年的心理治療後，情況有所好轉，但時不時地還是會復發。

用心理醫生的話來說，為了保護自己，寧蕭的大腦會自動刪除記憶，以免過度的刺激讓他承受不住。

這就是寧蕭懷疑自己是殺人凶手的原因——他根本無法確保自己的記憶是完整的。

「很抱歉，刑事案件並非我的專業。」心理醫生帶著歉意看向他，道：「我只能勸你不要太鑽牛角尖。寧蕭，就算死亡的方式過於巧合，也不一定是你做的，總會有其他可能，不是嗎？」

寧蕭沒有回答。

在推理上，心理醫生擅長的是分析人的心理，而不是分析事件。最起碼寧蕭知道，如此類似的死亡方式，除非是巧合或者有人故布疑陣，否則他就是凶手。

如果這是一個局，那麼誰會是布局者？

是死者？可是寧蕭與他並不相識，再說誰會拿自己的性命來布局？

是其他人？那麼這個人就有可能是殺死丁一言的真正凶手。但是寧蕭想不通，如果這個人真的存在，對方為什麼要這麼做？殺死一個學生，並以這種方式嫁禍到自己身上，他在圖謀什麼？

自己不過是個普通人，有什麼值得他人圖謀？而且什麼人能夠在殺人之後不留一絲蹤跡，消失無影？除非他根本就不是人，或者……

寧蕭腦中閃過一道白芒，頓時停止其他思考，專心致志地分析起那個可能。

心理醫生看見寧蕭又陷入沉默，知道他在思考問題，沒有打擾。過了不知多久，寧蕭抬起頭來，這一次，他的眼中沒有了之前的焦慮。

「醫生，我想問一個問題。」

「請說。」

「如果我的記憶真的被自我刪改了一部分，會有什麼跡象？」

「夢。」心理醫生道：「記憶即使遺忘了，也會在潛意識裡留下線索。如果你曾經遺忘了一段記憶，夢境是找回它的最佳途徑。人的夢是最不可思議的事物，佛洛伊德曾說過……」

「我明白了，醫生。」寧蕭打斷了醫生的誇誇其談，臉上揚起了笑容。「我想妳可以讓警察們進來了，我不需要再繼續接受治療。」

「你確定你沒事了？」醫生擔憂地看著他。在她看來，寧蕭這樣突然變得興奮，反而顯得異常。

「不，醫生。」寧蕭微笑，「不是確定沒有問題，而是發現了一個新的問題。這還要感謝妳。」

心理醫生看不透他的心思，只能按照寧蕭所說，將在門外守候的刑警們提前請了進來。

徐尚羽早在監控室裡聽見了兩人的談話，醫生開門時，他正好一溜煙地跑回了訊問室門口，並好整以暇、端正地站在門邊，裝作一副毫不知情的模樣。

「你們的談話結束了？」他對著剛打開門的醫生微微笑道，同時藉著交談調整自己急促的呼吸。

醫生看著這位面帶笑容的刑警。「是的，現在是你們工作的時間了，先生們，我的患者似乎有話要說。」

徐尚羽走進訊問室，陸飛與趙雲緊隨其後，不過後兩位此時看著寧蕭的眼神明顯有些異樣。換句話說，如果之前他們看寧蕭的眼神是在看一個嫌疑犯，那現在就完全是將他當作死刑犯來看。

寧蕭暗中觀察著幾名員警的反應，其中徐尚羽尤其讓他關注。這個刑警沒有改變對自己的態度，是因為他相信自己不是殺人犯，還是因為他對自己有好感？

寧蕭真是白痴才會這麼想，很明顯，徐尚羽沒有轉變態度，是因為他一開始就把自己當作真凶。在這個老油條眼裡，除非證明無罪的證據確鑿，否則他會一直以懷疑的眼光盯著每一個嫌疑犯！

相信他嘴上說的那些話，就是輕信了黃鼠狼的雞，將被毫不留情地吞吃下肚。

「我有話要說，徐警官。」

「辯解嗎？」徐尚羽看著他。

「不。」寧蕭揚了揚了唇，笑道，「是提供證據。」

他大概知道，誰是殺害丁一言的凶手了。

第六章

午夜幽靈（五）

I T M U S T B E H E L L

那一晚，沒有人回來。

丁一言一個人坐在電視機前，手裡的遙控器毫無目的地換著電視頻道。書包一進門就被他仍在門口，雜誌、小說還有零食擺滿了桌子，地上也是一片凌亂。他抬腳踩過撒了一地的花生，準備去看看冰箱裡有沒有什麼吃的。

「什麼都沒有。」

他憤憤地關上冰箱，自暴自棄地隨地一趟。

現在幾點了？快過十二點了吧，可是家裡還是沒有人回來。

沒有人，除了他自己。

翻過身伏在地上，將臉埋進手臂，少年整個人蜷曲在地，只在牆壁上投下一道孤影。

「好冷……」

他低低呢喃了一聲，空曠的屋裡沒有人回答。

然後他就這樣睡去。

「證據？」徐尚羽有些詫異，「哪方面的？」

「關於殺死丁一言的凶手，我想我有了一些線索。」寧蕭道：「不過前提是，我想要再看一遍監視錄影，可以嗎？」

徐尚羽仔細盯著寧蕭的表情，思考了幾秒，然後點頭。

「可以。阿飛，把那天晚上所有的監視錄影調來，我們再看一遍。」

五分鐘後，四人再次聚在桌前，對著事發當晚的監視錄影評論。心理醫生不在這裡，她已經離開。

徐尚羽此時有些猜不透這個嫌疑犯究竟在想些什麼，他的思路似乎十分多變。從一開始否認自己是凶手，到之後的自我懷疑，再到現在的自信滿滿。

沒錯，自信，徐尚羽在寧蕭臉上看出了這種情緒。眼角上揚，嘴角微提，這是一個不容忽視的表情。

這意味著，寧蕭真的掌握了某種其他人尚不知情、卻對定案具有關鍵作用的證據。察覺到這一點的徐尚羽，不太愉快地蹙了蹙眉。他不喜歡這種事情超出掌控的感覺。

「等一等，剛才那段再重播一次。」寧蕭突然出聲。

「你要確認什麼？」徐尚羽問他。

寧蕭看了他一眼。

「記憶。」

記憶會騙人，但是監視錄影不會。這就是寧蕭想要確認的。

監視畫面顯示，寧蕭在一點五十分左右離開十八號監視器的範圍，之後沒有再次返回。然而死者的死亡地點也在監視範圍之外，寧蕭很有可能去而復返，在監視區域外殺死了丁一言。所以，這並不能成為證明寧蕭無罪的證據。

但是他想要證明的並不是這一點。

讓刑警慢動作播放監視錄影後，寧蕭注意到了丁一言的動作。

他起身時，手上握著匕首，並且握的是匕首的柄部，而不是刃尖。而剛才在停屍間，寧蕭看到丁一言的屍體手掌有傷口。

在虎口處，有明顯被匕首劃傷的痕跡。

寧蕭伸出雙手，仔細觀察著自己的手指。指節較長，骨節突出，因為長期打字而在指尖處磨出了老繭。最重要的是，這雙手沒有傷口。

一絲一痕的刀傷都沒有。

直到這一刻，懸起的心終於放下。寧蕭此時能百分百確信自己不是凶手，而所謂的凶手，另有其人。

監視錄影還在播放著，畫面上的丁一言站起身靠在牆上。男孩眼角的淚痕還未擦乾，他倚著舊牆，眼中流露出悲傷。他靜靜地在黑暗裡站了好久，才轉身離開。

寧蕭重複地看著這一幕，以確保自己沒有遺漏任何細節。丁一言的淚、他的孤獨、他的背影，一遍又一遍地看了許多次，弄得旁邊的刑警們一頭霧水。

直到最後一遍，凝視著螢幕中丁一言的表情，寧蕭終於開口。

「我想要見——」

「隊長！」訊問室的門被人從外推開，一個刑警不請自來，朝徐尚羽道：「他們來了！」

這句話一出，包括徐尚羽在內的所有刑警臉色皆是一變。

而寧蕭此時才把話說完。

「──他的家人。」

徐尚羽揉了揉太陽穴，隱忍地吐了一口氣，轉過頭看向他。

「你想要見死者家屬？」他問，語氣帶著自嘲。「正好，不用預約了。」

大開的門外傳來一陣喧鬧，似乎有人在哭喊，隱隱約約地，寧蕭明白發生了什麼事。丁一言的家屬鬧上警察局了。

那些人似乎衝得很快，攔在門口的警察幾乎來不及阻止他們。寧蕭只看到有人朝這裡跑過來，眼睛泛紅，模樣瘋狂。

「殺人償命！殺人償命！」

混亂中，幾個攔阻的員警甚至被家屬撞開，眼看就要衝進訊問室。

徐尚羽眼疾手快地將陸飛和趙雲推了出去。

「你們解決。」

說完，啪的一聲迅速從裡面關上大門。

因為訊問室的門不能從內部上鎖，他還搬起桌子堵在門後，以防萬一。然而即使關上了門，寧蕭還是能聽見門外悲憤的哭號。

「殺人償命！殺人犯還我兒子，還我兒子！」

「啊！言言，言言啊！」

那聲音歇斯底里，沙啞到似乎都快喊出血來。一遍又一遍，在門外不依不饒地喊著，許久後才逐漸遠去。

寧蕭坐在位子上一動不動，直到聲音遠離後才抽動了下僵硬的手指，但是那瘋狂的呼號依舊徘徊在他的耳中，不肯消退。

「我想現在的情況，並不適合安排你們見面。」徐尚羽坐在堵著門口的桌子上，看著寧蕭，「你好像有點難過？」

「我的醫生說，有時候我會遺忘掉一段記憶，以保證大腦不要承受超負荷的感情。」

「所以？」

「以前我覺得這很麻煩，現在我發現，遺忘未必不是一件好事。」

太過痛苦的記憶，讓人的精神不堪重負。對失去孩子的父母是這樣，對於丁一言也是如此。

監視錄影上，還在重複播放著丁一言生前留下的最後一個畫面。

他站在黑暗中，目光空洞地望著夜空。

不知道這個少年在生命的最後三十分鐘究竟在想些什麼？最後停留在他記憶中的，又是哪一顆星辰？

徐尚羽和他一起看著監視錄影，半晌問：「你剛才說誰是凶手？」

寧蕭看著他，黑色的眸子閃著光。

「是——」

「也許他們不愛你。」

這一行字無比刺目，戳痛了丁一言的雙眼。

「不，就算他們不愛彼此，但我是他們的兒子，他們肯定愛我。」

「是嗎？」

有時候僅僅只是一句反問，就可以輕而易舉地擊碎一個人的信心。

丁一言的手指顫抖，發現自己不知道該回覆什麼。抬起頭，家門已經到了。

推開門走進去的時候，有人蹲在屋子裡收拾著他昨晚留下的殘局。

「言言。」女人放下手中的垃圾袋，向他走來。

「昨晚有沒有好好吃飯？不能只吃洋芋片，對胃不好，知道嗎？還餓不餓？我來煮飯，你想吃什麼菜？」

感受著母親撫摸著自己額頭的溫暖，丁一言心裡悄悄地想：他們是愛我的，即使他們不愛彼此，但還是愛我的。

丁一言坐在客廳裡，看著母親在廚房裡忙碌。這個月以來，廚房還是第一次發揮了它的功能。

「媽……」

「言言。」

女人端著飯菜走了出來。

「我下個月要出差一趟。你和……你爸自己住，讓他帶你出去吃，知道嗎？」說著，她從錢包裡掏出一疊鈔票。「這個月的零用錢。寶貝，媽有急事先走了，你好好吃飯。」

聽見大門關上的聲音，丁一言回過神來，屋內又只剩下他一個人。好像剛才那雙溫柔撫摸他的手、那個為他在廚房裡忙碌的身影，都只是一場幻覺。

收拾乾淨的屋子、好聞的飯菜香味，一切都和以前一模一樣。只是沒有人會再嫌棄他亂丟垃圾，沒有人再管他亂花零用錢，沒有人再陪著他一起吃飯。

他們對他問一聲好、留下一句關懷，然後匆匆離去。

這裡不過是一間暫時寄住的屋子，而不是家。

鈔票泛著刺眼的紅色，飯菜的溫度漸漸冷卻。

「他們是愛我的。」

丁一言坐在桌前，朝網路對面的人發了新的訊息。

不久，收到回覆。

「哦，怎麼證明？」

第七章

午夜幽靈（六）

IT MUST BE HELL

寧蕭走出警察局時，已是傍晚。

一個穿著黑色外套的男人正在門口等他，見他出來，便走上前。

「你好，寧蕭。」

男人比寧蕭略高，除了面色過於蒼白，穿著打扮十分得體，一副社會精英的模樣。然而寧蕭見到對方時，眼前卻一陣恍惚，心裡彷彿出現某種預兆。

「你是？」

他凝眉看著眼前的人。

男人微微一笑，伸出手。

「赫野，你的律師。」

法律扶助基金會指派的律師替寧蕭申請保釋，所以嫌疑犯寧蕭現在不用待在警局，而是可以待在自己家裡。除了依舊要受到員警的監視外，與之前沒有什麼區別。

「請用。」寧蕭放了一杯開水到客人面前。「家裡寒酸，不過水還是有的。」

赫律師端起茶几上的水杯，一個半舊的不鏽鋼杯子。

「看得出來，有錢人會雇請事務所的大律師，而不是請求法律援助。」

寧蕭有些意外。「身為律師，你很直爽。」

「不用客氣，很多人認為我說話毫不留情，往往一針見血。」赫律師道：「所以我才在這裡做公職律師。」

寧蕭了然地點了點頭。一個說話如此不留情面的律師，在業界的確不怎麼好討人喜歡。不過他不介意，反正他與這個律師之間的關係，只到這個案子結束為止。

「關於這件案子，可以說一下你的意見嗎？」赫律師道：「這對開庭的時候我為你辯護有所幫助，當然，如果事情能在走到司法程序之前就結束，是最好不過。」

寧蕭猶豫了一下。

他不知該不該談論自己的想法，他還不是十分信任這個人。

赫律師看穿了他的想法，放下茶杯道：「我希望我們能精誠合作，為了表示誠意，我先談一談淺薄的看法。」

寧蕭端坐在律師面前。「請說。」

「首先，我認為這根本不是一樁刑事案件。」律師語出驚人，「死者是自殺。」

「……為什麼？」寧蕭握著杯子的手指微微用力。「你有什麼證據？」

「在將唯一有可能作案的犯罪嫌疑人——也就是你——排除之後，最不可能的可能也成為了可能。這樁案件的凶手不是別人，正是死者自己。」

「怎麼排除我的嫌疑？」

「說出來你也許不信。」赫律師看著他。「我的第六感告訴我，你絕對不是凶手。」

「一個律師用第六感來判斷案情，你讓我為自己的清白感到憂心。」寧蕭毫不客氣道：「除非你能用第六感說服警方，否則毫無意義。」

「請不要著急，這只是一個假設。」律師不急不忙道：「好比是一個排除遊戲，一共只有一百個假設，找出證據一一推翻其中的九十九個，剩下的一個就是真相。同理，用一個證據去證明其中一個假設的真實，那麼其餘九十九個就為假。」

律師微笑，「對我們來說，只有證明死者是自殺才能洗清你的嫌疑。所以這是我唯一的假設，這是一件自殺案。」

「你打算怎麼證明？」寧蕭問：「如果是自殺，動機是什麼？」

「我想這需要一次交流。」

「交流？」

律師說：「關於死者的想法，我們只能從他最親密的人口中知道，不是嗎？」

「怎麼做？」

「安排你們見一面，然後問出自殺的可能原因。」律師站起身，「放心，我會說服他們不對你動粗。請相信，我會盡一切保護我的當事人。」

面對窗戶站著，他的眸子是褐色的，逆著光時好像是一顆寶石。

寧蕭看了律師片刻，點頭道：「好。」

「明天我會安排你們見面。」律師向他致意。「今天就先告辭了。」

走到門口的時候，他突然回過頭來。

「對了，聽說人在長期情緒低迷又受到刺激的情況下，最有可能產生自殺衝動。」律師看著寧蕭，「如果是這樣，你認什麼是導致了一言自殺的導火線？」

不等寧蕭回答，他又抿唇一笑。

「是我多嘴了。下次再見。」

律師離開了，空蕩的屋內，只有寧蕭一個人沉默地站著。

什麼是導火線？

寧蕭打開音響，小提琴的聲音迴旋在屋內，輕快的曲調充滿整個空間。他走到窗邊，掀起窗簾，看到一個人影緩緩走出大樓，拐了幾個彎離開視線。

寧蕭放下窗簾，往沙發上一躺。琴聲悠揚，他閉著眼，似乎就這樣睡著了。

什麼是導火線？

沒有人回答。

寧蕭這一睡就睡到了第二天，醒來的時候，太陽已經高高掛起，是第二日正午了。他看了看手機，律師發來簡訊，讓他去見死者家屬，時間地點都安排好了。

去不去？他思索一秒，發出一封簡訊，然後起身整理自己。

十二點四十五分，寧蕭出門赴約。此時，距離丁一言死亡過了三十四個小時。

走上街道的時候，寧蕭沒有遇到監視的刑警，他不以為意，直接向著會面的地點趕去。

一點，抵達目的地。他想了想，沒有直接進去，而是轉身走進一間男裝店。

十分鐘後，穿著大衣的寧蕭走出店門，豎著的領子遮住他大半張臉，他匆匆走進約定的地點。

這是一間有包廂的茶館。在服務生的引領下，他走進一間小包廂。裡面有兩個人在等待，一男一女，中年人，面色蒼白，眼帶血絲。

「你們好。」他打招呼。

其中滿臉鬍碴的男人抬起頭來，眼睛緊盯著他。

「你就是寧蕭。」

「……」

「你殺了我兒子。」

這次他沒有沉默，「不是我。」

「那不然是誰！」男人激動起來，「不是你還能是誰！為什麼要否認！為什麼要殺他！就算他惹到你了，他還小啊！他是個孩子，你還殺了他！」

經歷喪子之痛的男人語無倫次，他紅著眼睛瞪著寧蕭。

察覺到不對，寧蕭後退了兩步。包廂裡的氣氛可不像律師保證的那麼祥和，這對父母明顯受了刺激，看起來比昨天還要瘋狂。

「你殺了我兒子，但是你還沒償命，還在外面逍遙！不公平，這不公平！」男人神色癲狂，「警察懲罰不了殺人凶手，我不甘心！你給我等著！等著！」

眼看他就要衝過來，坐在身旁的女人抓住了他，卻被瘋狂的男人猛然推開。她驚呼一聲，撞到一邊的茶几，痛倒在地。

「妳沒事吧？」寧蕭連忙走上前將她扶起。

女人蜷縮在他懷裡，似乎撞得很疼，渾身都在顫抖。寧蕭只看見她的手指在顫抖，嘴唇幾次開合，像是想說什麼。

「妳說什麼？」

「我、我想……為……」

「什麼？」寧蕭又湊近了些。

「為言言報仇！」

噗嗤！

一把匕首插進寧蕭的腹部，狠狠刺了進去。

女人鬆開手，渾身發抖地躲到一邊，看著捂著腹部不敢置信的寧蕭，哭泣道：「你殺了言言，我要報仇！我要你償命！」

「妳……」寧蕭捂住腹部，面色蒼白。

這竟然是一場騙局！

這對夫妻明顯被仇恨沖昏了神智，男的緊緊抱住妻子，而作母親的女人則是模樣瘋癲，不斷重複著同一句話。

「你殺了言言，要給他償命！」

「現在妳殺我，難道之後也要為我償命嗎？」寧蕭質問。

然而女人只是哭泣，沒有回答。

她的丈夫抱著她，神色比剛才清醒了許多，不再故意裝瘋。

「你殺了我兒子，你償命。我們殺了你，我們償命。」他眼眶通紅，似悲似怒。「反正言言不在了，我們也不活了！」

「你們這麼愛他？」寧蕭捂著腹部的傷口，背靠在牆上。

男人不答。

「或者說，不一定全部是愛，更多的是愧疚，對不對？」寧蕭倚著牆壁，慢慢地站了起來。

「你！」男人瞪大眼睛，看著好整以暇地站起來的寧蕭。「怎麼可能！」

抽出匕首，站在門口的「寧蕭」看著他。

「疑惑我為什麼沒受傷？這證明警察的防彈衣不僅能防子彈，還能防刀刃。」

「這證明你皮粗肉厚。」

包廂的門突然打開，一個人走了進來。他與站在屋內的「寧蕭」對視一眼，然後看著那對倉惶錯愕的夫妻。

房內，「寧蕭」走到來人身旁。

「替你挨了一刀，怎麼報答我？」

剛剛進屋的正版寧蕭看了他一眼，「保護市民是你的職責，警官。」

「寧蕭」笑了笑，拉下衣領，露出徐尚羽的那張臉。

「是啊，為了保護你這位好市民，我可從鬼門關前走了一遭。」

「隊長！」

陸陸續續又有幾名刑警衝了進來，團團圍住那對夫妻。

「你沒有受傷吧？」

「沒事。」徐尚羽搖搖頭，問道：「抓到人沒有？」

陸飛搖搖頭。

「號碼是空號，登記的地址也是假的。法律扶助基金會那邊的電腦被駭了，這是個冒牌貨。」

「果然如此。」徐尚羽皺眉，「就知道沒那麼順利。」

「你們！你們這群混帳！」一直處在驚愕狀態的丁一言父母總算回過神，他們看著和寧蕭待在一起的刑警，不敢置信道：「你們包庇殺人犯，放縱殺人凶手，算什麼警察！」

到了現在，這對痛失愛子的父母還是沒有搞清楚情況，甚至白白被人利用了都不知情。寧蕭嘆了口氣，走近這對癲狂的父母。

「根本沒有凶手。」他看著那兩張憔悴的面容，低聲道：「如果有的話，你、我，還有他們，都是凶手。」

丁一言的父親聲音沙啞，「你是什麼意思？」

「還不明白嗎？」

寧蕭告訴他。

「丁一言是自殺。」

第八章

午夜幽靈（完）

IT MUST BE HELL

「傷痕對比。」

「傷口從後背撕裂，有磨擦痕跡，可以想像匕首的運動軌跡，從上到下，然後下滑。」

「死者手上有傷口。」

「確定為劃傷。」

「痕跡組那邊？」

「從刀柄處抽取遺留粉末，檢驗組織成分為碳酸鈣及其衍生物，並取證第一現場掉落的牆壁成分，來源一致。」

「牆上有劃痕，與刀柄吻合。」

「那麼，情況可能是這樣。」季語秋舉起刀，站在鑑識中心組員面前。「死者握住刀柄將刀抵在牆上，背部抵住刀尖。」他做了個示範，自己站到牆角，雙手握住刀柄。

「然後向後施加力量，匕首便會刺穿心臟。」季語秋靠在牆上。「同時，握住匕首的手失去力量，虎口被刀刃劃傷。死者是倚著牆壁倒下，刀柄摩擦牆面，會在傷口上留下二次劃痕，並且軌跡是上下上下，最後隨著死者身體墜地而下滑。」

他拿起桌前的一張照片，是偵查人員到現場取證時拍的。死者面部朝地，後背朝天，倒下的位置十分接近牆壁，並且可以看出，衣服背面沾到不少牆上的粉末。

「這樣匕首上就只會有兩個人的指紋，死者以及寧蕭的。背後中刀，看起來也很像是謀殺。這小孩腦子不錯，可惜還是太年輕。」

其實這種手段很容易看穿，前提是偵查人員沒有被誤導。在一開始被監視錄影誤導，一廂情願地認為是謀殺的情況下，很少有人會注意到這些小線索。

季語秋放下匕首。

「證據鏈形成。」

鑑識中心的所有人都鬆了一口氣。

「小李，聯繫徐尚羽了沒？發消息給他。」季語秋道：「接下來就不關我們的事了。」

同一時間，徐尚羽手機震動。

他翻出手機查看，再次抬頭時，表情帶上了一絲笑意。茶館已經淨空，刑警們將丁一言的父母暫時拘留，準備帶回警局。

寧蕭坐著，不知正在想什麼。

徐尚羽走過去。

「恭喜你，洗清嫌疑。」

寧蕭看了他一眼，「鑑識中心已經證明是自殺了？」

「是的。」

徐尚羽有些好奇，得到答案的寧蕭並沒有如釋重負，相反，陰影籠罩在他的眉間，揮之不去。

「他離開的時候，問了我一句。」寧蕭突然開口：「他問，如果丁一言是自殺，那麼導火線是什麼？」

兩人都知道這個「他」指的是誰——那個冒充律師的可疑分子。他很有可能是網路上某個自殺組織的領導人物，警察調查出丁一言自殺前，曾與這個組織的成員有過交流。

「你認為呢？」寧蕭問。

沉默了數秒。

「是你。」

「是我。」

寧蕭嗤笑。「你還真是一點也不客氣，警官。」

「我這人的優點就是誠實。」徐尚羽靦腆道：「你不要介意。」

寧蕭看著他那張笑臉，摸了摸手臂上的雞皮疙瘩。「是，誠實警官。事情結束了，可以放我回家了嗎？」

「還要回警局做一次筆錄。」

「有沒有晚餐？」

「……有。」

「那沒問題。」

看寧蕭答應得這麼豪爽，徐尚羽哭笑不得，正想和他再多說兩句，一旁有人找他，只能作罷。

看著這一群忙碌的員警，還有被圍在中間、滿臉驚慌的丁一言父母，寧蕭閉上眼，覺得心口有點悶。

窗外的陽光刺眼，曬得他昏昏欲睡，半睡半醒間，他又想起赫野離開時說的那句話。

什麼是自殺的導火索？

「究竟誰才是凶手？」

是……

「寧蕭……寧蕭，寧蕭！」

寧蕭猛地睜開眼，發現自己竟然在不知不覺間睡著了。

對面的警察無奈地看著他，「到警局做筆錄還能睡著，你是我遇見的第一個。」

手心被汗浸濕，寧蕭收緊拳頭又鬆開。

「輪到我了？」

「是的，做完筆錄，你就可以離開了。」

跟著警察去辦公室做筆錄的時候，寧蕭路過一間房間。透過窗戶，他可以清晰地看見裡面的人，是丁一言的父母親。他們唯有緊緊相擁在一起，才能不被現實壓垮。

「我能問一下嗎？」

「什麼事？」

「死……丁一言的雙親，你們打算怎麼辦？」

「你問這個？」帶路的員警有些意外。「按之前的狀況，他們算是殺人未遂，還好是隊長代替了你，也沒受什麼傷。考慮到他們的情況，應該可以從輕處理，不過具體會怎麼樣很難說。」

他循著寧蕭的視線，看著房內那對痛失孩子的父母，感慨道：「說起來還真是諷刺，孩子沒出事之前兩個人還在鬧離婚，到了現在，丈夫和妻子卻都想要替對方頂罪，反倒再也不提離婚的事了。」搖了搖頭，嘆息。「人吶。」

失去了至親骨肉，對於這對夫妻來說，現在只有彼此才是唯一的依靠。直到這時心裡才會明白，在這世上真正重要人的是誰。

幫寧蕭做筆錄的刑警是陸飛和趙雲，他預料中的徐尚羽沒有出現。

「找我們隊長？」陸飛看著他。「別找了，他還在縫傷口。」

「縫傷口？」寧蕭驚訝。「不是沒受傷嗎？」

「防彈衣是防子彈的，你還真當刀槍不入啊？」陸飛嗤了一聲，看見寧蕭愧疚的神色，又安慰道：「不過也沒什麼大事，就是些皮肉傷，沒傷到內臟。好了，不提別的，做完正事你就可以回家了，來吧。」

他搬了張椅子坐在寧蕭對面，開始詢問他一些常規的問題。

問到最後，陸飛問：「那個冒牌律師你還有印象嗎？」

自稱為赫野的男人冒充寧蕭的公職律師，事情曝光後，刑警們對於他為什麼要接近寧蕭感到十分好奇。

根據資料顯示，赫野是通緝在冊的網路自殺組織創始人之一。他手下有一個不小的團體，這幾年來，各地刑警一直在調查他們，卻少有收穫。

這條大魚竟然會到小城市裡製造一起自殺案，並且故意接近寧蕭，實在是讓人想不通。

寧蕭搖了搖頭，「不認識，就見過那麼一面。」

「真的？」陸飛明顯不信。

寧蕭不屑。「騙你有飯吃？」

「好吧，我也就提醒你一聲。」陸飛道：「你不知道，那傢伙不是什麼普通罪犯。今天早上城外倉庫發現了一具裸屍，經證實，死者就是被指派給你的正牌律師。這個赫野不但半路劫道頂替了人家，還不留活口。聽說凡是見過他真面目的人，不是自殺，就是被滅口，你要小心一點。」

寧蕭回想起那個男人的容貌，看起來很正常，不像是一個會拐騙別人自殺的瘋子。只是他不確定，自己看到的是不是對方真正的相貌，這種窮凶極惡的罪犯通常都掌握著易容變裝的技能。

陸飛收拾好東西，「你也夠倒楣的，半夜遇上搶劫，人家一時衝動自殺，還順便把你牽連進去。回去拜拜神明吧，看看是不是最近有點倒楣。」

寧蕭沉默地離開警局，走出大門的時候，又看到有一戶家屬前來鬧場。看門的警衛似乎對此屢見不鮮，對著那群哭鬧的人指指點點。

「每天都來鬧，鬧了又能怎麼樣呢？人能活過來嗎？不就是干擾調查而已？」

警衛的評論似乎很中肯，寧蕭卻在哭聲中聽出了別的情緒。不僅僅是憤怒，更多的是悲傷，是失去親人的痛苦，是不知所措的迷惘。

漸漸地，那許多人的哭喊化為一個少年悲傷的哭泣。

那聲音在夜晚迴盪，帶著恐懼和絕望，像是一遍一遍地喊著：誰來救救我，誰來救救我！

誰來救救我！

然而，那個夜晚的寧蕭沒有聽懂，他轉身離開了。

其實陸飛說錯了。寧蕭想，倒楣的不是自己，而是丁一言。在最絕望彷徨、即將走上歧路的時候，少年遇見的不是一個能夠安慰他的人，而是寧蕭。

如果那一晚，寧蕭能在聽到哭聲後回頭去看他一眼。

如果那一晚，寧蕭沒有一時意氣用事地教訓丁一言。

如果那一晚，丁一言遇見的是像徐尚羽那樣甘願替別人挨上一刀的人。

也許結局就會不一樣。

「誰是凶手？」

寧蕭走在小路上，無聲自問。

警局裡，刑警們正在對丁一言的案子作最後總結。

有人再次檢查了當晚的監視錄影，突然好奇道：「你們看，這角落裡是不是像有個人站著？」

畫面上，丁一言站在路燈下，而他的周圍則是一片模糊。刑警所指的正是路燈光線之外的某個角落，正對著丁一言的一個暗處。

「怎麼可能？你看清楚，連個影子都沒有，你當見鬼啊？」

「不對啊，我明明看見有人。難道真的是眼花？」

刑警疑惑著，隨手關上了監視畫面。

畫面一閃，帶著孤燈下的少年一同消失在黑暗中，被夜晚吞噬。

「期待再次見面，寧蕭。」

第九章

不可能之人（一）

IT MUST BE HELL

來玩個猜謎遊戲。

小張決定謀殺女友。在自己生日當天，他騙女友吃下含致死化學物質的蛋糕，毀滅證據後偽裝成女友服毒自殺。然而幾天後，小張卻在收快遞時被警方當場逮捕。

提問：小張的破綻在哪裡？

寧蕭打完這一行字，長吁了一口氣，然後將檔案上傳，寄給編輯。

不一會，他就收到了回覆。

「這一次的謎題答案是什麼？」

寧蕭回他：「這種低級問題不要問我，自己想。」

「靠，你能不能不要用這種鄙視的語氣！我猜得到還需要問你嗎？」編輯顯然十分憤怒，「還有，你這態度是拖稿一個星期的人該有的嗎？你都不會感到愧疚嗎？」

「如果每做一件事都要愧疚一次，那我這輩子就別想做其他事了。再見。」

不等編輯回覆，寧蕭退出通訊軟體，這才終於放鬆下來。

這一次的稿件他足足拖了一個星期，難怪編輯會生氣，印刷廠那邊八成早就在催了。但是沒辦法，聰明如福爾摩斯也不可能料到他會有崖邊失足的一天。同理，寧蕭也不能預知，自己會被一件自殺案困擾那麼久。

徹底獲得自由後，寧蕭整整三天都閉關在家，日夜顛倒忙著寫稿。剛才終於搞定，寄給編輯。而最後那個猜謎遊戲，是他每本書結尾的慣例。留一個謎題給讀者，直到下一本書才公布答案——這也算是一種變相促銷的手段。

寧蕭一腳踢上桌腳，滾輪電腦椅骨碌碌地載著他滑到窗前。他掀開簾子，瞬間被窗外的陽光刺痛了眼睛。

「天氣這麼好？」

寧蕭瞇了瞇眼，鬆了鬆筋骨。既然今天天氣不錯，那也該出去找點事情做了。想做就做，穿衣、刷牙，不到五分鐘，寧蕭披著外套走出家門。

他走出社區，和路上遇到的大叔阿姨們打招呼。

「小寧啊，好幾天不見了，在做什麼呢？」一個剛從市場回來的阿姨看見他，打招呼道。

「早安，趙阿姨。我這幾天在家裡趕工作，忙得沒空出來。」

「哎，年輕人這樣不行，要多注意身體。」趙阿姨連忙從袋子裡拿出一個熱呼呼的蔥油餅遞給他，「你還沒吃早餐吧？拿去。以後多出來散散步，不要總是悶在家裡。」

「知道了。」寧蕭接受了阿姨的好意，接過蔥油餅。「我先走了，還要去開店呢。」

「去吧去吧，好好工作。」

和熟人告別後，寧蕭走出社區大門右轉，走了不到五十公尺便停在一間店面門口。

瀟瀟書屋，面積不到六坪的小書店，擠在兩家裝潢高檔的服飾店之間，看起來十分窮酸。

寧蕭走上前，拿出鑰匙打開鐵門的鎖，雙手用力往上一抬。鐵捲門發出巨大的聲響，瞬間收到最頂端，露出同樣破舊的兩扇大木門。寧蕭又拿出另外一把鑰匙打開木門，這才走進店裡。

店裡的空氣瀰漫著一股黴味，寧蕭趕緊把所有的窗戶都打開通風，又把兩扇木門全部推開，讓空氣流通。

一陣子沒來，書架上積的灰暫且不去管它，可是連櫃檯上都布滿了灰塵，寧蕭就不能忍了。他手腳俐落地抽出一塊抹布，將桌子上的灰塵擦乾淨，這才一屁股坐到椅子上。

「啊，舒服。」他忍不住喟嘆。

不對，剛才好像忘記擦椅子了。寧蕭抬了抬屁股，想想還是算了，反正褲子早晚會髒，就拿來擦擦椅子好了。

所謂的櫃檯，其實就是在靠近店門口的位置擺了一張舊書桌。平常有客人來就在這裡結帳，沒客人時寧蕭可以安靜地坐一下午，看自己的書。

日子過得逍遙自在，但生意不怎麼好，要不是靠著寫小說賺錢，寧蕭現在已經在街上喝西北風了。

桌上還放著一本他前幾天看的科幻小說，才看到一半。寧蕭吃完阿姨給的蔥油餅，擦了擦手，又翻開這本書看了起來，時間就在閱讀中轉瞬即逝。

寧蕭在書店裡一坐就是一整天，就算沒半個客人也無所謂，反正他也不靠這個賺錢。

直到傍晚，才有第一批客人上門。寧蕭扭了扭坐得痠痛的腰，看了進屋的幾個學生一眼，便繼續看書。

書店的客人都是附近學校的學生，放學的時候經常結伴過來看書，寧蕭不去趕他們，小孩們也把寧老闆當成隱形人，雙方相安無事。然而今天，寧蕭想沉默也沉默不下去了。

「你聽說了嗎？」

「什麼？」

「隔壁十三班張瑋瑋家裡出事了！」

「啊，這個我知道，他媽在家裡喝毒藥自殺，張瑋瑋是第一個發現的，聽說死得很慘！」

寧蕭動了動，他現在對「自殺」這個詞有些敏感。

那邊幾個小鬼還在興奮地討論。

「張瑋瑋發現的時候，他媽好像還活著，他想救沒救成，就看著他媽在地上掙扎好久才死。」

「我叔叔住在他們家附近，聽說警察去的時候滿屋子都是屎尿的臭味！」

「哈哈，不會吧，張瑋瑋嚇得尿褲子了！」

「太好笑了！」

幾個學生滿不在乎地嘲笑著別人的不幸。對於這個年紀的孩子來說，他們不明白死亡意味著什麼，別人的慘劇對他們而言和電視劇或小說沒什麼兩樣。

小孩的天真，在這時顯得格外殘忍。

「禁止喧譁。」

幾個學生談論得正興奮時，一隻手從上方伸過來，抽走他們手中的書。

寧蕭拿著書，對幾個小鬼道：「口水都噴到書上了，我想這些書暫時還不需要你們幫忙清潔。」

幾個小孩被他冷臉一嚇，頓時都不敢出聲。

「想看書就安靜一點，不准吵。」講完這幾句，他又把書塞回小孩手裡。

「也不准噴口水，你們還在上幼稚園嗎？」

幾個小孩彼此看了幾眼，不發一語地轉身走出書店，一出門就開始抱怨。

「逛書店為什麼不准說話？管太多了吧！」

「那大叔有什麼毛病啊！」

「我媽說他這樣的人都沒出息，以後我們上了大學、畢了業，肯定比他好很多！」

「沒用的大人，就知道欺負小孩……」

幾個小鬼跑遠了，抱怨的聲音卻遠遠地傳來，音量一點都沒控制。寧蕭眼皮都懶得抬，他二十幾歲的人要是還和這些小孩計較，才真是白活了。

他撿起被小鬼們丟在地上的書，撣了撣灰塵，塞進書架。歲月真是不饒人啊，還記得十幾年前他還在和鄰居小孩爬樹捉蟬，轉眼間也成了孩子口中的大叔。寧蕭又感慨，最近的小孩日子過得太好，個個都被寵過頭了。

「一個個營養過剩。」他喃喃自語道。

收拾完書，寧蕭一轉身，卻被身後的一道人影驚了一下。

一個高個子的小孩正站在他的店門口，手裡還拿著一塊磚頭。

這小鬼想幹嘛？

寧蕭還沒來得及採取什麼防禦措施，只見那小鬼白了他一眼，又轉身跑走，眨眼就不見蹤影。

獨留寧老闆一個人納悶地站在原地。

最近的孩子真令人猜不透啊……

時間已經不早了，寧蕭索性打烊，反正看樣子今天也別指望還會有什麼生意。

冬天天黑得早，五、六點時天色已經完全暗了下去，路燈又還沒亮，寧老闆要關店門時，卻差點看不見門鎖在哪裡，只能藉著微弱的光線尋找鎖孔。偏偏他正摸黑鎖門時，一道黑影移了過來，擋住了這個方向唯一的亮光。

寧蕭火大，究竟是誰這麼不長眼睛！

「晚安。」

一道富有磁性的聲音傳來。

寧蕭回頭，見到了一張熟悉的面孔，還帶著那令人牙癢癢的笑容。

「好久不見。我想你也許需要這個。」那人拿起手機，打開手電筒模式幫寧蕭照亮鎖孔，並附贈一個微笑。「不用客氣。」

寧蕭瞇眼打量著眼前的人。

徐尚羽沒有穿警察制服，這讓他看起來更年輕，讓人完全猜不到這個年輕帥氣的傢伙，竟然是一位刑警中隊的隊長。

不過寧蕭並不高興看到他，理由無他，一個小老百姓在日常生活中動不動就遇見刑警，能發生什麼好事？

果然，徐尚羽這次也沒有帶來什麼好消息。

「既然遇到了，不如幫我一個忙。」

寧蕭鎖好門後，徐尚羽翻出手機裡的一張照片給他看。「我正在找人，你最近有沒有見過他？」

寧蕭看了照片一眼，頓時愣在原地。有沒有這麼巧？照片上的人，不正是剛才在他店門前拿著磚頭的那個小孩嗎？

徐尚羽很懂得察言觀色。「看來你見過。你是在哪裡見到他的？」

「我能不能先問一下，你為什麼要找這個小孩？」

徐警官幽默地眨了眨眼，「你知道的，我是一名刑警。」

寧蕭默然。所以，這又是和案件有關嗎？

他突然想起自己寫偵探小說經常會用到的情節，每個主角身邊都有著數不清的案件、理不斷的麻煩，就算走在路上，也會憑空出現一具屍體讓他調查破案。

寧蕭曾經美其名曰：這就是愛。

現在，他只想對這種真愛說：放過他吧！

第十章

不可能之人（二）

IT MUST BE HELL

提摩爾並不是一個小氣的人，但有些時候他格外注重自己的所有權，比如他珍貴的昆蟲收藏品、新買的雪茄，以及書櫃裡的藏書。這些都不准外人輕易觸碰，連他母親都不能。一些人將之稱為——偵探先生的古怪戀物癖。

徐尚羽翻過一頁，正打算繼續看下去，卻被不速之客打擾。

「一大早就在陶冶性情，徐隊長很有閒情雅致嘛。」

徐尚羽抬起頭，只見他的老對手季語秋正笑得一臉不懷好意。不過吸引徐尚羽注意的卻不是這個不正經的傢伙，而是他身後的一個新面孔。

一個大約二十歲出頭的年輕人緊跟在季法醫身後，顯得有些局促不安。見徐尚羽看向自己，年輕人忐忑地向他點頭問好。

「新人？」

「哦，你說這個？」季語秋轉向身後，「鑑識中心新來的實習生，徐大隊長可不要隨便欺負我們新人啊。」

徐尚羽笑，「哪敢，不等你先欺負夠了，我們外人怎麼好意思下手？」

他話音一落，新人明顯地又抖了一抖。

季語秋也不否認，「最近很閒嗎？怎麼還在這裡看書。」

他毫不客氣地拿過徐尚羽手裡的書，翻了一翻。

「《神探提摩爾》，你什麼時候開始看這種小說？」季語秋一看書名就有些嫌棄。「我怎麼不知道你品味這麼特別，還是說你希望別人也寫一本《神探徐悶騷》，好滿足一下你過剩的虛榮心？」

「我就是喜歡這種通俗易懂的名字。」徐尚羽從他手裡搶過書，「想要了解一個作家就先從他的文字開始，我正好對這本書的作者很有興趣。」

「……這作者和你有仇？」

「哪會，他可是我的貴人。」

「一位刑警隊長的貴人。」季語秋嗤笑，帶著同情道：「那他可真是夠倒楣的。」

徐尚羽不再和他廢話，看了看手機，拍拍褲子，從警察局門口站起身來。

「去哪？」季語秋在他身後好奇地問。這個時間不趕緊破案，這位大隊長去哪閒晃呢？

「去見貴人。」

徐尚羽背對著他搖了搖手，轉身踏出警察局大門。

十一點十五分，他提前十五分鐘來到前門大街的速食店，而出乎意料的是，約見面的對象比他更早到達。徐尚羽沒有馬上進去，而是隔著透明玻璃，打量著坐在窗邊的那個人。

那個人背對陽光坐著，這樣寫字才不會被光線刺痛眼睛。他拿著一枝筆，在手裡的小筆記本上時不時寫寫畫畫，有時突然抬起頭來看著某個方向一動不動，有時又對著空氣自言自語。

在外人看來，這樣似乎有些不正常。不過每當路人對他投以異樣的眼神，這人總會及時注意到，並回以一個友善的微笑。久而久之，對他的行為感到好奇的人也不好意思再肆意打量，就好像行為奇怪的人反而是自己一樣。

就這樣，在熙熙攘攘的人群中，這個獨坐在窗邊的人竟然一點也不顯得突兀，很和諧地融入其中。

徐尚羽觀察了大約五分鐘，才抬手推門，進入店裡。

「抱歉，看來我似乎遲到了。」

正奮筆疾書的寧蕭聽見聲音抬頭，就看見那位刑警隊長拉開椅子，坐在自己對面。

他看了下手表上的時間，十一點二十分，離預定的時間還有十分鐘。寧蕭收起紙筆，道：「是我提前到了。」

「原來你有提前赴約的習慣。」徐尚羽接著他的話，「不過不管怎麼說，我都讓你久等了，這頓我請，你想吃什麼？」

這種免費的午餐，寧蕭向來不會拒絕。

「一份全家桶炸雞，兩對烤雞翅，一包大薯，一份馬鈴薯泥。先點這些。」

徐尚羽聽得有些好笑。先點這些？這傢伙的食量究竟有多大？

「忘記說，這些是我一個人的分量。」寧蕭看著他，「你自己的可以另外點。」

正抬腳走向點餐櫃檯的徐尚羽頓了一下，隔了一秒多才回神離開。

寧蕭看著他略顯僵硬的背影，哼了一聲。

不吃回本，豈不是虧了。

他把左手拿著的筆記本放在桌上，露出掌心一面小圓鏡並收到口袋裡。出門隨身帶著鏡子是寧蕭的習慣，他喜歡一邊記錄靈感，一邊將鏡子放在自己掌心。這樣不僅是前方，連後方的景物也可以一併觀察到，而且不易被人察覺。

徐尚羽來的時候他就發現了，只是看見這刑警站在外面窺探，寧蕭也沒有表現出異樣，而是裝作正常寫作的模樣。這一回他偽裝完美，又占據著地理優勢，連老油條徐尚羽都沒有發現自己已被反偵察了一次。

寧蕭略有些得意，不過心裡的那口氣還是嚥不下去，心想我一個善良市民，為什麼要被你盯小偷似地觀察。他索性狠狠地吃徐尚羽一頓，好出一口氣。他又有些惋惜地想，可惜速食店的價格不夠高，不然今天一定要吃空這傢伙的錢包。

徐尚羽端著滿滿一餐盤的食物回來時，寧蕭已收拾好桌上的東西，眼巴巴地等著。見他這副模樣，徐警官有些好笑，這樣子看起來真像是一隻等待主人餵食的倉鼠。

兩個都是大男人，吃起東西來毫不客氣，一人抓著一塊炸雞便大啖起來。

「上次的男孩，你們找到了沒有？」寧蕭嚥下一口雞肉，不慌不忙地問。

「還沒。我很好奇，你為什麼這麼關心這件事，還特地約我出來問。」

沒錯，這次見面是寧蕭主動邀約。剛收到訊息時，徐尚羽真覺得意外，這人竟然主動約自己？他不是對自己沒什麼好感嗎？

「我多少提供了一些線索，最起碼可以問一下進展吧。」寧蕭說：「而且這也不涉及機密，只是尋找一個離家出走的小鬼，你也不需要保密。」

徐尚羽道：「是啊，不需要保密。不過，如果只是一個普通的離家出走案件，還需要我們刑警出馬？」

寧蕭聞言，咀嚼東西的速度慢了下來。

「怎麼回事？不是他母親自殺，他受了刺激才離家出走嗎？」身為一名長期構思懸案的小說家，他敏銳地察覺到一絲異樣。寧蕭停下吃東西的手，緊緊盯著徐尚羽，等他回答。

徐尚羽沒有回答，卻說起了不相干的話題：「我想到了，這男孩是在你們社區附近讀書，難怪你會這麼關心。」他問：「你以前見過這個小孩？」

寧蕭搖搖頭。「沒有。」

「那你幹嘛這麼好奇？」

「你能不能先回答我的問題？」寧蕭有些不耐煩。

「不能。」徐尚羽輕笑，露出一口白牙，看起來有恃無恐。「因為現在是你有求於我。」

這傢伙，簡直欠扁。

寧蕭磨了磨牙，再次體會到一看到這張笑臉就忍不住想下手痛毆的感覺。無奈情勢所迫，他只能示弱。

「……磚頭。」

「什麼？」

「那天我在店門口見到他的時候，他手裡拿著一塊磚頭。」寧蕭緩緩道：「而且他的神情很不對勁，讓我想起了……」

曾經的另一個少年。

說到這裡，他沒有再說下去，而是抬頭看著徐尚羽。「如果我說我關心這件案子，只是單純不希望這個男孩出事，你信嗎？」

徐尚羽靜默了許久，直直看進寧蕭的雙眼裡。

「信。」

不一會，他又重複了一遍。「我相信你。」

他看著寧蕭的眼神十分認真，寧蕭有些尷尬，微微轉頭避開他的直視。

徐尚羽又開口談論起案件。

「張瑋瑋母親的案件，局裡傾向以自殺結案，因為幾乎沒有能夠證明可能是他殺的證據。鄰居的證言表明，數月前她就精神抑鬱、表現異常，總是避群獨處。這些都是典型的憂鬱症表現，而一名憂鬱症患者選擇自殺並不奇怪。看起來，是很典型的自殺案件。」

寧蕭注意到他用了很多詞，表達的都是機率性的含意，沒有絕對的肯定。

「你不這麼認為。」他盯著徐尚羽，「你不認為這是自殺案件，是嗎？」

徐尚羽看著他，微微一笑，露出嘴邊的酒窩。

「是，我不認為她是自殺。」

不是自殺，而是他殺。

一個詞語的改變，卻是天翻地覆。殺人凶手無聲無息間奪走一條人命，此時可能就躲在暗處，看著所有人誤以為這是自殺案件而洋洋得意。

寧蕭心中有某種情感被觸動，那是憤怒，是無奈，也是某種恐懼。放任殺人凶手逍遙法外，無異於一隻惡狼混入無辜的羊群中，不知道他什麼時候會再次下手。也許下一次，那血盆大口會吞噬更多的生命。

許久，他才從內心的漩渦中回神，並做了某個決定。

「可以嗎？」寧蕭輕聲道。

「我想去一次現場。」

第十一章

不可能之人（三）

IT MUST BE HELL

寧蕭跟著徐尚羽來到張瑋瑋家的社區。地點離他家並不遠，只有兩站的車程。

「這棟樓往上數第五扇窗戶，看見沒，那就是他們家。」

徐尚羽和他站在樓下，一起朝樓上看。那扇窗緊緊關著，完全看不到裡面的情形。陽臺上也空空如也，什麼都沒有。

「現在有人住在裡面嗎？」寧蕭問。

「沒有，這裡本來只有張瑋瑋他母親一個人住。她自殺後，就沒人了。」

「他們一家三口分開住？」

「事發前幾天，張瑋瑋的父親剛好帶著兒子去外地，那天回來找他媽媽才發現出事了。」徐尚羽道：「他父親現在也不住在這邊，他有另外一個住處。」

「……夫妻感情不睦？」寧蕭皺眉問。

徐尚羽笑道：「大作家敏感的神經被挑動了？你想要去找他父親，我怕你暫時見不到。」

寧蕭聞言看向他，「為什麼？」

「因為他爸現在在醫院治療。」徐尚羽道：「精神科。」

父母一個死一個瘋嗎？寧蕭沉默。

「……我能進去看一下嗎？」他抬頭看向五樓，還是有些不甘心，不親自看一下現場的話，他什麼都無法確信。

「現場已經清理過了，不過你想看的話也可以。」

徐尚羽帶著他走上五樓，從口袋裡拿出鑰匙，輕巧地打開門。回頭，對詫異地看著自己的寧蕭笑道：「很巧，現在是我在保管這家的鑰匙。隨意看。」

這傢伙，肯定本來就打算要過來查看，才帶鑰匙出來吧。寧蕭在心裡吐槽，搞得好像是自己占了他的便宜一樣，真是會賣人情。

走進屋內，不到十五坪的一間小公寓，進門就是客廳，連著廚房。

兩人走到客廳，徐尚羽在沙發前站住，示意寧蕭。

「我們趕到的時候，他母親就是躺在這裡。」

寧蕭蹲下身查看。過了這麼多天，地上已經被清理乾淨，基本上沒有留下什麼痕跡。他摸了摸光滑的桌子，上面甚至沒有多少灰塵。

寧蕭看了桌子一眼，抬起頭來。

「這幾天你們有人來過？」

「沒有，怎麼了嗎？」

「沒什麼。」寧蕭搖了搖頭，「他母親的死因呢？」

「氰化物中毒。」

看見寧蕭一頓，徐尚羽又道：「她吃了苦杏仁。」

杏仁中含有苦杏仁苷，是一種含氰糖苷，一般人在食用杏仁前都會用熱水浸泡以去除毒素，但是也發生過不少誤食大量未經處理的杏仁而中毒的事件。然而如果僅僅是誤吃苦杏仁，為什麼會判定是自殺，而不是意外？

也許是疑惑的表情不自覺間流露了出來，還沒等寧蕭詢問，徐尚羽已經說道：「當時進現場調查時，我們發現了一杯開水，冷的，那是浸泡杏仁之後剩下的水。而現場發現吃剩下的杏仁，經過檢驗，有一半是浸泡過的，一半沒有。」

「俄羅斯輪盤？」寧蕭提高聲音，「她用這種方法自殺？」

所謂的俄羅斯輪盤，是一種凶險的機率遊戲。人們使用賭博的方法殘忍地剝奪生命，是生是死完全憑運氣。

寧蕭沒有想到，一個女人竟然會用這種方式自殺。一半有毒，一半沒毒，混合在一起吃，是想試試自己命有多大嗎？

「如果真是這樣，這女人膽子還不小。」寧蕭站起身來，四處觀察，又問：「你們是怎麼排除他殺的可能性？」

「當時屋內反鎖，在門外用鑰匙也打不開。張瑋瑋的父親聽見屋內有異響，才叫來鄰居幫忙破門。進屋的時候，他的妻子已經倒在地上了。」徐尚羽道：「用你們推理小說家的話來說，若不是自殺，這就是一樁密室殺人案。但是現在我們一點他殺的證據都沒有。你認為呢，寧大作家？」

寧蕭正觀察著，聽到他的這句話忍了又忍，還是沒忍住。「你能不能不要這麼陰陽怪氣地喊？」

「為什麼？」徐尚羽道：「你本來就是作家。」

寧蕭不意外這刑警知道自己的另一項職業，他只是很受不了這種稱呼。

「大作家？對一個二流作者來說，這完全就是諷刺。你的好意我受之不起。」

「不要這麼妄自菲薄，我可是誠心誠意的。」徐尚羽真誠道：「我是你的粉絲，最近的那本《神探提摩爾》寫得很不錯。」

「哦，那你知道我出版的其他書的名字嗎？」

徐尚羽聞言，露出尷尬的神情。

寧蕭冷笑道：「下次請做好調查後再偽裝粉絲，徐警官。」他起身走向門口，「今天就到這裡，我該回去了。」

吃了癟的徐尚羽有些訕訕地跟在他身後，鎖上門，一起下樓。

徐尚羽隨口問：「發現什麼沒有？」

「警方都一無所獲，你以為我是神？」

「我一直覺得寫偵探小說的人都挺神的。」

「小說是小說，現實是現實。警官，你這麼愛幻想，你的隊員們知道嗎？」

徐尚羽謙虛地笑一笑，「我相信他們都不介意的。」

面對這麼一個厚臉皮的笑面虎，寧蕭真的無話可說。

兩人走到樓梯口，讓路給一個投遞信件的郵差，站在門口就要各自告別。

寧蕭回頭看了一眼，突然停住腳步。

「徐尚羽，我們剛才去的公寓是哪一間？」

「五〇二，怎麼了？」

徐尚羽循著他的視線看去，只看到郵差在五〇二室的信箱放了一封信件，然後走出大樓。寧蕭走到五〇二室的信箱前，轉身看向徐尚羽，那眼神不言而喻。

徐尚羽哭笑不得，「喂，私拆他人信件可是違法的。」

「是的，可是殺人也是違法的，不還是有那麼多人幹？我又沒叫你去殺人放火，警官，動作快點。」

徐尚羽無奈地嘆氣，走到寧蕭身旁，觀察著信箱。

「真不知道你腦子裡在想什麼。」

「我在想什麼？」寧蕭緊盯著信箱，「運氣好的話——」

「嗯？」

「你馬上就會知道了。」

徐尚羽蹲下身，在一旁的雜物堆裡翻找，找出一根細鐵絲，插進信箱的鑰匙孔轉了幾下，只聽見喀嚓一聲，鎖開了。

寧蕭無語。身為一名刑警，偷開鎖的動作卻這麼熟練？

二話不說，寧蕭上前拿出郵差剛剛投放進去的信件。他的動作十分迅速，手伸過去時擦過徐尚羽還沒來得及收回的右手。徐尚羽微顫了一下，皺了皺眉，還沒說什麼，卻聽見寧蕭發出一聲輕笑。

「果然。」寧蕭握著信件，從一開始的輕笑到後來的放聲大笑。「我就知道，我就知道！絕對不會這麼簡單。」他緊盯著手中的信件，漆黑的眸子彷彿燃燒著無形的火光。

見徐尚羽不解的表情，寧蕭收斂情緒，微笑。

「你如願以償了，徐警官。」

他將信件放進徐尚羽手裡，輕聲道：「這的確不是自殺，而是謀殺。」

徐尚羽看清信件上的署名後，瞬間明白過來，隨即不可思議地看向寧蕭。

「你早就知道？」

寧蕭說道：「如你所說，這是偵探小說家的第六感。」

他為筆下的神探們設定的一條破案定律就是：不要放過一切可能的線索，不要放過一切能尋得線索的機會。

徐尚羽看著他，眼神意味深長。「你會是一位出色的推理小說家。」

「承你吉言。」

兩人走到社區門口，徐尚羽握著推翻自殺的線索，心情好了不少，也因此在分別前有了調侃的心思。

「每次遇到你似乎都會發生好事。」

「是嗎？我遇到你總是覺得很倒楣。」寧蕭道。「喂，回去不要忘記找張瑋瑋。」

徐尚羽不以為意地笑，「放心，這個證據一出來，全隊的人都會急著要找到這個小孩。」

一旦案情變成他殺，那麼張瑋瑋就是第一目擊證人，或許這孩子身上會有某些意想不到的線索。

寧蕭看了他一眼。「暫且期待你的好消息，再見。」

他轉身走沒幾步，就聽見徐尚羽在身後喊。

「寧蕭！下次記得不要穿白色的衣服。」

嗯？

「鏡子藏在白色衣服裡也會反光。」

靠！

寧蕭連忙回頭，可是說話的那人已經踏上公車，他只能看著那輛公車駛遠。

摸摸口袋裡露餡的鏡子。那傢伙什麼時候發現的？竟然到現在才說，真是太陰險了。

公車上，徐尚羽坐在最後面的座位，握緊手中的信件，盯著上面的字，臉上笑意全無。

信封上白紙黑字寫著寄件人的名字——李愛華。

「謀殺。」

他閉上眼，陽光照在臉側，映出一片陰影。

公車逐漸遠去，只留下一路塵埃。

「知道嗎？提摩爾。」

「金甲蟲的含意，就是死亡。」

第十二章

不可能之人（四）

IT MUST BE HELL

寧蕭回到公寓後，繼續開著租書店混日子。天氣一天天熱了起來，他不知怎地有些心神不寧。

這幾天徐尚羽一直沒有跟他聯繫，也不知案情發展得怎麼樣了。寧蕭坐在屋內，百無聊賴地掃視著門外打發時間，卻不經意地發現了些許異樣。

對面街角處，遠遠地有一個孩子在看著這邊，似乎已經一段時間了。如果是一般想要借書的孩子，為什麼不直接走過來？寧蕭瞇起眼睛想要看個仔細，誰知那孩子突然轉身就跑。

搞什麼！

寧蕭下意識地跑出店門追了上去，然而隔著一條馬路，又是中午交通尖峰期，車水馬龍的擁擠中，他最終還是沒有找到那個小孩。

走回店裡時，寧蕭還有些喘。

剛才那小孩為什麼要一直盯著店面？為什麼一被人發現就逃跑？他的臉部輪廓看起來好像有些眼熟？

該不會是……

寧蕭凝神思考，手機鈴聲突然響了起來，來電顯示正是好幾天沒有音訊的徐尚羽。

「喂，徐警官，什麼事？」

對方沒有說話。

寧蕭頓了一下，開啟了手機的錄音功能。

「徐尚羽？」

還是沒有人說話，話筒裡傳來風吹過的沙沙聲。一直到電話掛斷的時候都沒有人出聲，除了偶爾響起的汽笛聲和風聲，就只有不知是誰疲憊的喘氣聲。

然後，對方掛斷。

通話時間，一共一分零八秒。

寧蕭緊握著手機，眼神晦暗。在原地站了一分鐘後，他起身關店，然後轉身乘上公車。

十五分鐘後，他出現在城南警察局的門口。

就在一個多星期之前，他好不容易洗脫殺人嫌疑才離開這裡，那時只覺得擺脫了重負，恨不得一輩子都不要再回來。而現在，他卻自己跑到警察局門口來了。

人生真是無法預料啊。寧蕭一邊感嘆，一邊毫不猶豫地踏進警察局大門。

他一進門，便看到一隻趴在大廳的警犬。警惕的德國牧羊犬老遠就發現陌生人，看見寧蕭進來後立刻坐直身軀，兩隻眼睛盯著他一動不動。寧蕭沒有理會這隻威武的警犬，而是直接走向報案處。

「你好，請問有什麼案件需要處理？」

報案處的人員聲音還算溫和，不過明顯看得出來她很疲憊，眼眶中布滿了血絲。

寧蕭這時發覺有些不大對勁。上次來的時候明明大廳還沒有警犬值班，氣氛也不像今天這樣凝重。他想了想，還是決定直接說明目的。

「我找徐尚羽。」

負責接待的人員明顯一愣，手悄悄按上一旁的內部通訊器。

「你說什麼？再說一遍可以嗎？」

於是寧蕭重複了一遍。

「我找徐尚羽，他在不在？」

很快，他就為自己的這句話付出了代價。

接待人員突然站起來大叫並且往後退，寧蕭還沒反應過來，就被一群忽然衝出、全副武裝的刑警壓制住，緊緊按在牆壁上，他這才大感不妙。

他媽的，寧蕭忍不住在心裡罵髒話，這一切到底是怎麼回事！

「抓住了！」

「是誰？」

一片混亂中，被壓在牆上的寧蕭只覺得大腦充血，頭暈目眩。

「不知道，好像有點眼熟？」

「啊……等等……」

一個熟悉的嗓音傳來，寧蕭才從暈眩中回過神。他側目望去，看到一張同樣驚訝的面孔。

陸飛睜大眼看著他。「怎麼會是你？」

寧蕭被卡著喉嚨，幾乎無法喘氣，心裡冷笑。我還想問呢，怎麼又是這種倒楣的事情！下次誰再來警察局誰就是蠢蛋！

「等等，好像弄錯了，這人我認識。」陸飛揮著手讓周圍的警察鬆開寧蕭，「他應該不會是綁匪，誤會了！」

周圍警察將信將疑地鬆開了寧蕭，但還是將他團團圍住，不讓他有機會逃跑。

陸飛穿過人群，走到還在不斷咳嗽的寧蕭面前。

「你怎麼回事啊？洗清了嫌疑不好好在家待著，又來湊什麼熱鬧？」

「我還想問呢，呵。」寧蕭站起身，沒好氣地說道：「警察就是這麼守護市民的？我總算是體會到了。」

「別這麼說，這都是誤會。」陸飛連忙解釋：「大家都著急得要死，你偏偏這個時候來，還說要找徐隊長。」

寧蕭從他的話語裡聽出了一些蛛絲馬跡。

「徐隊長怎麼了？」

陸飛一愣，同樣布滿血絲的眼睛看著他，隨即苦笑。「對了，你還不知道。」

「發生什麼事？」寧蕭敏銳地嗅到了一絲不祥的氣息。

陸飛看著他好一會，拋出一個重磅消息。

「徐隊長被綁架了，我們已經整整四十八小時沒有他的消息。半個小時前，綁匪才跟我們聯絡，要我們交出八十萬贖金，否則就撕票。」

寧蕭花了整整三十秒來消化這個消息。

徐尚羽被綁架了？刑警隊長被綁架，很有可能是一場針對警察的恐怖襲擊，也難怪警局這麼警惕。

可是下意識地，寧蕭認為這絕對不是什麼恐怖襲擊。

他轉身看向陸飛，問：「張瑋瑋呢？」

「什麼？」陸飛壓根沒想到他會問出毫無關聯的問題。

「張瑋瑋，就是那個母親服毒自殺的孩子，你們不是在找他嗎？」寧蕭追問：「找到沒有？」

「這種時候誰還有閒工夫去找一個孩子？」陸飛急道：「我們隊長可是生死不明！這些小事當然是交給轄區派出所和家屬自己去想辦法。」

「小事？」寧蕭道：「在我看來，這可是大有關聯。」他又問一句。「張瑋瑋母親的屍體呢？」

「她……已經以自殺結案，當然是讓家屬帶回去火化。喂，你究竟什麼意思！」

寧蕭不理會身邊聒噪的陸飛，沉入自己的思緒中，慢慢釐清思路。

張瑋瑋失蹤，徐尚羽被綁架。

張瑋瑋母親火化，綁匪要求贖金。

失蹤，綁架，屍體，贖金，火化。幾乎是在同一時間，發生了這麼多不合常理的事情，只是巧合嗎？還是……

寧蕭倏地睜開眼。這一瞬間，這幾個「巧合」被一個關鍵連結在一起：張瑋瑋母親的自殺案件！

「陸飛。」他壓低聲音，緩緩道：「如果我說，你們隊長的失蹤根本就不是簡單的綁架案呢？」

陸飛瞳孔瞬間緊縮，「你這句話最好說完。」

「就在不到半小時前，我剛剛接到你們隊長的電話，而現在你卻告訴我他被綁架，並且綁匪隨時準備撕票。說實話，我認為這根本不是綁架，而是──」

寧蕭抬頭環視一圈大廳內全副武裝的刑警們，接著說道：「一場謀殺案的後續。」

三天前，徐尚羽剛拿到足以推翻案件的證據。一天之後，徐尚羽失蹤。張瑋瑋的母親火化在即，而於此同時，綁匪開始索要贖金並威脅撕票。

寧蕭確定，所有的事件，其背後的凶手都只有一個目的，那就是「掩蓋謀殺證據」！

這真是好大一盤棋。寧蕭有一種自己也被算計在其中的感覺，這種認知讓他覺得無比憤怒。

他看向還處在震驚中的刑警們，詢問：「張瑋瑋母親火化的時間是不是今天？」

陸飛一頓，「你怎麼知道？」他抓住寧蕭用力搖晃，「說啊，你從哪裡知道的？我們隊長打電話給你做什麼，他說什麼了？」

果然如此。

寧蕭心中篤定，看向拉著自己不斷搖晃的陸飛，道：「還想不想救你們隊長？不想的話就繼續搖吧。」

陸飛聞言立刻鬆開他，可憐巴巴地說道：「事關我們隊長的性命，寧蕭大人，你掌握了什麼線索就快點說出來吧。」

「我會的，只希望你們還來得及。」寧蕭問：「綁匪給你們的時限是到什麼時候？」

「明天凌晨。」

也就是說，剩下不到十二個小時。

寧蕭皺眉：「陸飛，馬上去阻止張瑋瑋的母親遺體被火化，立刻！」

他看著略顯猶豫的刑警們，道：「這是唯一的機會，否則你們不僅將會失去一位中隊長，還會縱容一場謀殺。」

語音落下，大廳裡充斥著令人窒息的沉默，直到陸飛大吼一聲。

「快走啊！還愣著幹什麼！」

刑警們瞬間驚醒，連忙匆匆跑出大門。

寧蕭看著他們離開，暗暗鬆了口氣。還好這些刑警不算頑固，這樣，計畫總算踏出了第一步。

他緊握著手機，看著漆黑的螢幕，彷彿在注視一個躲藏在黑暗中無形的凶手。

無論你是誰，我都不會讓你的計謀得逞。

「對了。」正向外跑去的陸飛回過頭來，「剛才你說我們隊長打電話給你，他說什麼了？」

寧蕭聞言，抬頭望向陸飛。他又想起了徐尚羽打來的無聲電話。

那一段只有無盡的風聲和聒噪汽笛聲的通話，沒有一句言語，卻甚過一切言語。

幾秒後，寧蕭笑道：「他說，『快來救我，神探』。」

第十三章

不可能之人(五)

IT MUST BE HELL

按下撥出鍵的那一刻，徐尚羽的心跳聲幾乎都要穿透耳膜。

他無法確定那些人什麼時候回來、會不會發現他的異樣，所以這一刻，他能做的就只有賭。賭那群綁匪不會在短時間內回來，賭他們無暇注意自己的手機。

當電話接通，傳來寧蕭聲音的那一瞬，徐尚羽慶幸自己賭成功了。他不能回答，只能保持安靜，以求在這狹小的空間內留下更多的線索給對方。

一分鐘後，聽見門外腳步聲的徐尚羽快速掛斷電話，並把手機扔到遠處某個陰暗的角落。看著手機轉了幾圈，滾到雜物下方，徐尚羽安下心來。他相信寧蕭能夠聽懂這段對話，也相信他能找到這裡！

但是，時間快不夠了。

綁匪們進來的時候，徐尚羽還是保持著他們出去前的姿勢，雙手被束縛在背後，坐在牆角安安靜靜地一動不動。沒有人想到，就是這個看似沒有反抗能力的刑警，剛剛從大腿內側隱蔽的口袋裡掏出備用手機，打了一通救援電話。

綁匪們關心的是其他事，獲得贖金和幹完這一票之後的逃亡路線。

「老三，港口那邊準備好了沒有？不會出什麼意外吧？」一個光頭男人猶豫地道。

他的同伴嗤笑，「急什麼，看你這蠢樣，拿到錢也沒膽量花。」

「這不一樣，這次我們綁的是警察！就算錢再多也要有命花啊，而且那邊的人……」

「閉嘴！」

領頭的人打了光頭一記耳光，防備地看了徐尚羽一眼，見警察無力地靠在牆角，似乎並沒有什麼反應，才稍微放下心來。他告誡手下道：「你再多嘴就真的沒命享受了！去旁邊待著。」

徐尚羽面上表情不變，卻暗暗心驚。

聽這些人透露的訊息，他肯定了這次綁架背後還有內情。而且，他們似乎不打算留下活口。

往前走，是生機滅絕。往後看，也無路可退。

但徐尚羽並沒有感到絕望，而是開始仔細重新審視這幾天遇到的每一件事。在最後一刻到來前，他要追根究柢，找出這一切的幕後主使。

何況，也不一定是死路一條。

將背靠在牆上，徐尚羽閉起眼，在心裡輕念：希望你還來得及，寧蕭。

寧蕭坐在椅子上閉目養神。不一會，前方傳來匆匆走近的腳步聲。他睜開眼，看到的是對他搖頭的刑警。

「沒有。」趙雲說：「隊長家裡也沒有。」

「不在家裡，也不在警局的辦公室，代表徐尚羽還沒來得及將信帶到警局。」寧蕭起身，「我想再去一次死者的公寓，能帶路嗎？」

趙雲毫不猶豫道：「可以。」

「帶上那隻警犬。」

兵分兩路，陸飛帶著警察們去阻止火化時，寧蕭和趙雲再次返回了命案現場。

「要是郵局的退信不在，那就沒有其他證據證明不是自殺。」一路上，趙雲有些憂心忡忡。「命案現場早就被清理過了，還能有什麼線索？」

「不要著急。」寧蕭帶著警犬上樓，走到五〇二室的門口：「有些東西人類無法發現，但是動物不一樣。」

他示意趙雲開門，然後牽著德國牧羊犬進屋。進到屋裡，寧蕭拿出一塊手巾，放在警犬鼻子前讓牠嗅了嗅。

「去吧。」他拍一拍警犬的背部，大狗抬頭看了兩人一眼，搖了搖尾巴，就在屋子裡四處轉了起來。

牠一路聞過牆角、櫃子、沙發，最後停在沙發前的矮桌邊，一隻爪子放在桌面上，對兩人吠了兩聲。

寧蕭走進廚房，隨後帶著一塊濕抹布出來，仔細擦著桌子。很快，屋子裡開始散發出一股淡淡的苦杏仁味，味道極淡，很容易被人忽視。

「果然是這裡。」寧蕭停下手上的動作，看著桌面，臉上閃過一瞬即逝的笑意。他抬頭看向趙雲，「可以通知鑑識中心的人來取證了。」

趙雲有些搞不清楚狀況。「怎麼回事？這桌子有什麼不對嗎？」他看著那被寧蕭擦得乾乾淨淨的桌面，一點也看不出哪裡有異樣。

寧蕭看著趙雲。

趙雲被那雙黑眼睛盯得有些發毛。

「桌上有什麼？」

寧蕭輕笑，手一指桌面。「你沒看見嗎？這桌上擺著的——就是凶器。」

趙雲循著他手指的方向看去。

被擦得發亮的桌面倒映著窗外的陽光，晃得人刺眼，再配上周圍若有似無的杏仁味，竟然讓人覺得心裡隱隱發寒。

這桌上真的有凶器？沒有形狀，沒有色彩，連肉眼都無法看見，卻能殺人於無形之中。如果是真的，這簡直就像是來自惡魔的詛咒。

趙雲擅自遐想著，就聽見寧蕭催促。

「快點出去吧。」寧蕭道：「凶器還在發揮功效呢，再多待一會，連我們都會出事。」

趙雲瞪大眼睛看著他。

寧蕭莫名其妙道：「幹嘛？」

「你說的真的假的？」

寧蕭淡淡道：「我沒事騙你幹嘛？」

靠！

即使是再怎麼鎮定，趙雲也忍不住了，他左手牽起警犬，右手拉著寧蕭，連走帶跑地離開屋子，好像身後有鬼怪在追趕一般。

他一邊跑，一邊還忍不住忿忿地瞪著寧蕭。大哥，您明知道屋裡不對勁，還這樣毫無防備地走進去，是想拿誰的命開玩笑！

寧蕭見狀，呵呵笑兩聲。「放心，聞這一會還死不了。」

趙雲無言。

「頂多就是不小心得了憂鬱症什麼的。」寧蕭輕描淡寫。

「……我去叫季法醫過來。」趙雲已經無力吐槽了，只能放棄抵抗。

不到二十分鐘，季語秋帶著幾名鑑識中心人員匆匆趕到，他的第一句話就是吩咐所有鑑識中心成員：「戴上口罩手套，全副武裝再給我進去！」他一邊吼，一邊給自己套上手套，問了一句：「你確定是那個？」

寧蕭答：「無形無色，遇水揮發，極似杏仁的味道。還有別的嗎？」

季語秋不出聲，只是緊蹙的眉頭顯示著他此時的心情。

幾分鐘後，他和幾名助手進屋取證，趙雲在外面心神不定地踱步，過了好一會才看到季語秋帶著人出來。

「做了初步檢測。」季法醫看向寧蕭，「如你所說，桌上的殘留物質就是氰化鉀。看來這件案件可以重啟了。小趙，屍體帶回來沒有？我要立刻回去再進行一次驗屍。」

趙雲一邊擦汗一邊道：「我立刻聯繫。」說完，連忙跑下樓去打電話。

季語秋指揮著助手取證，眼角餘光悄悄地打量著寧蕭。

寧蕭靠在牆邊，不斷聽著手機裡重複播放的一段錄音，頭也不抬道：「你似乎有話想說。」

季語秋終於忍不住問：「你怎麼知道有人在桌上擦了氰化鉀？」

很多化學物質無色無味、不留痕跡，就算是檢驗專家，不使用特殊方法也很難發現某些化學物質的殘留。氰化鉀的化學特性，就是遇水易揮發，人體的皮膚長期接觸這些揮發的氣體就會中毒，嚴重則死亡，且性狀和誤食杏仁中毒非常相似。

用這種手段作案，一般人根本不會猜到真正致命的毒物不是杏仁，而是擦在桌面上的隱形氰化鉀。寧蕭的表現從頭到尾都非常篤定，好像他一開始就預知了真相一般，未免有些神奇。

「之前我和徐尚羽來的時候，屋裡非常乾淨。」寧蕭道。

「這不是很正常嗎？警方會清理現場。」

「警局的人清理現場，會幫死者打掃屋子、幫她擦乾淨家裡的桌椅？」寧蕭反問：「而且周圍的家具上多多少少都有灰塵，只有桌子乾淨得不像話，這就是異常。」

「那也有可能是她的家人回來收拾遺物，順便整理了一下桌子。」季語秋反駁道。

「的確有這種可能，但是還有另一種可能性。」寧蕭放下手機，壓低聲音：「很多案件中，凶手都會在作案後重返現場。有的為了回味殺人時的刺激感，有的單純為了滿足自己，而更多的……是為了銷毀證據。」

季語秋不語，用眼神催促寧蕭說下去。

「比起認為是死者家屬清理了屋子，我只是心裡陰暗地猜測了一下，這或許是某一位凶手留下的痕跡。」寧蕭笑，「事實證明，我猜對了。不過可惜，他擦得還不夠乾淨。」

至少，給他們留下了足夠的證據。

季語秋不再反駁，而是盯著他看了許久。「有沒有人說你……」

「很帥？」

「不，是賭性堅強。」季語秋道：「對於沒有把握的事情，總是敢於孤注一擲，結果也往往證明你是對的。這讓我想起了一個人。」

「徐尚羽嗎？」寧蕭不等他說完，自己已經先猜出了答案。「對了，說起這傢伙，我已經有他被困在哪裡的線索了。」

「什麼！」季語秋馬上提高音量，眼神都變了。「你知道他在哪！為什麼不早說？」

「我今天已經被人問了無數個為什麼。」寧蕭舉手示意他冷靜，「我總會一個個告訴你們的。現在，能不能安靜下來聽我說？」

季語秋看著他，沒有回話，只是眼神裡還帶著些許懷疑。

「好吧，我告訴你為什麼沒有第一時間去找他。」寧蕭只能妥協。「因為我們還沒有找到凶手。」

「這與凶手有關？」

寧蕭答：「如果不先找出凶手，即使找到徐尚羽，也只會接回一具屍體。你有沒有想過，為什麼徐尚羽一拿到證據就被綁架，甚至來不及向你們求救？」

季語秋想到了什麼，臉色變得有些蒼白。

寧蕭見狀，知道他已經明白了。

「正如你所想。」他說：「你們被凶手監視了。」

黑暗中有一雙無形的眼睛，自始至終都悄悄窺伺著他們。

而現在，它又伸出手，想要將更多的人拉下深淵。

提摩爾：在八點鐘的方向，地獄正打開大門。

第十四章

不可能之人（六）

IT MUST BE HELL

陸飛從未像現在這麼尷尬過。他漲紅著臉，被一群憤怒的人團團圍住，打不得罵不得，只能被動求饒。

「求求你們，聽我說行嗎？大家就聽我們說一句，我們不是來搗亂的，是辦案需要。」

「需要？我呸！」一個五、六十歲的老頭罵道，「你們早不來晚不來，偏偏在我女兒做頭七的時候來！你們這是什麼意思！」

「是啊，你們是想讓小李走得不安心嗎！」

「到現在連瑋瑋都沒找回來，都沒能讓他看媽媽最後一眼，你們警察到底在幹嘛！」

「今天的葬禮，誰也別想把人帶走！」

一群人護住棺木，一副捨身取義的模樣。尤其當中那個老頭最為激動，他挺著胸膛朝陸飛撞過去。「你們警察不是有槍嗎？來啊，想要搶走我女兒，先把老頭子一槍斃了！正好陪我女兒去！你來啊！」

「我……」

陸飛真是一個頭兩個大，其他刑警也很不知所措。他們在人家辦喪事時闖進來就已經觸犯了忌諱，現在又想把死者帶走，家屬當然不會允許。

陸飛苦笑，「各位，現在真的是情況緊急，不然我們也不會這樣。聽我說一句好不好？這不是……」

正說著，他腰間的手機響了。這時候誰還打電話？陸飛不耐煩地掏出手機。

「喂，趙雲啊，什麼事？我在忙。」

「什麼！等等，這是什麼意思？」

「……我的天，這下出大事了。好的，我明白，一定順利完成任務！」

掛斷電話，陸飛仍有些神遊天外。他看著自己眼前一群悲憤的死者家屬，長長地嘆了口氣。

「這真的不是我故意為難你們。您要想您女兒走得安心，還是把她交給我們再進行一次驗屍吧。」

「你……你這是什麼意思？」

「調查結果出來了。您女兒不是自殺，而是被人殺害。」陸飛看著老人家兀自睜大的雙眸，誠懇道：「我們想要找出凶手，還她一個公道。」

「啊啊……」老人家雙手發顫，說不出話來，隨即頹然坐倒在地。「怎麼會這樣……」

鑑識中心裡，季語秋正在對李愛華的屍體重新驗屍。而在距離警局兩站的瀟瀟書屋，大門半掩，寧蕭正坐在桌前。在他對面，趙雲在一張白紙上寫寫畫畫，列了幾個名字分別圈了起來。

「在出事前半個月，只有這幾個人出入過死者家。」

「李愛華的父親、她的堂弟，還有一樓的鄰居。」趙雲指著紙上列著的三人，道：「她父親來看望女兒，待了一會就走了。而鄰居是來通知李愛華參加社區委員會的。只有她的堂弟，無論我們怎麼問，他都不肯說那天來是為了什麼。」

他在死者堂弟的名字上又畫了幾個圈。

「因為他拒絕交代，現在他的嫌疑最大。」

說完這些，趙雲抬頭看向寧蕭。「你怎麼看？」

寧蕭正專注地盯著對街，聽見他這句話，才回頭看了一眼。「我沒什麼想法，我又不是專業的。」

趙雲哭笑不得，「我是認真的。現在情況特殊，我們正式請求你的協助，寧蕭，希望你能發揮一技之長幫助警方破案，至於獎勵……」

「我也是認真的。」寧蕭道：「說到底我只是一個寫小說的，頂多有些不切實際的幻想，既沒有專門的刑偵經驗，也沒有辦案能力。你為什麼選擇相信我這個門外漢的意見，而不相信自己？理智點說，你這個判斷很不可靠。」

那還不是因為之前你的表現太神奇了。趙雲在心裡咕噥著，只好道：「說實話，現在徐隊長不在，大家不曉得該怎麼辦，哪裡還能冷靜下來思考。你旁觀者清，所以來參考你的意見。」

「說到徐尚羽。」寧蕭停頓一下，道：「如果他在的話，說不定你們早就能找出凶手了。」

趙雲一愣，「你的意思是……」

「對方沒必要冒這麼大的風險綁架一名刑警。只有一種情況，讓他不得不除掉徐尚羽。」寧蕭轉過身，漆黑的眸子閃著光。「那就是，徐尚羽已經找出凶手了，逼得對方在他公之於眾前除掉他。」

「隊長他……」趙雲不敢置信，「可是他怎麼查出來的？」

「我就在想這個問題。」寧蕭湊過來，奪走他的筆。

「首先是死亡時間。在張瑋瑋進屋時，李愛華還有呼吸。凶手在這幾天，必定還回去過案發現場一次，清除自己留下的證據。

「凶手是李愛華的熟人，他有能力取得氰化鉀，而且在案發後還有時間返回現場。綜合以上幾點，李愛華的父親排除，李愛華的堂弟排除。他們的職業，不可能輕易取得氰化鉀，而且根本沒有返回現場的時間。那幾天李愛華的所有親人都忙著辦喪事，像她父親或堂弟這樣親密的人離開了喪禮現場的話，不可能不被人注意到。」

寧蕭一下子劃去兩個名字。

「那鄰居呢？」趙雲問。

「他家有人住院了，他根本抽不出時間。」寧蕭說著，也劃去了鄰居的名字。

「住院？你怎麼知道？」趙雲錯愕。

寧蕭白了他一眼。「你沒仔細看？一樓的信箱總有一股很濃的藥味，這是常年存放中藥的緣故，那家人必定有人身體不好，需要長期服藥。而今天路過一樓的時候，他家大門緊鎖，都積了一層灰，看樣子是好幾天沒有人回來。這個情況，當然是因為家裡的病人住院，全家都去醫院了。」

「你有證據？」趙雲問。

「沒有，猜的。」

看他一副淡定的模樣，趙雲掏出手機連忙打了幾個電話。最後，他確定一樓鄰居的家人確實在醫院。家裡的老人得知樓上有人慘死後，一下子受不了刺激暈倒。一家大小現在全都在醫院忙著照顧老人，已經幾天幾夜沒回家了。

打完電話，趙雲看向寧蕭的眼神就像是在看一個怪物。僅憑一些線索和猜測就能判斷得這麼準確，這傢伙還是人嗎？

「很遺憾我還是地球人，只是比一般人更注意一些細節。」寧蕭像是猜到了他心中所想，一邊在紙上比劃，一邊道：「有空來揣測我，不如佩服一下你們隊長。」

他指著被劃掉的三個名額，「現在這三人都不可能作案，你們隊長卻還是找到了凶手，證明徐尚羽發現了不在我們視線中的第四人。」

寧蕭瞇起眼，緊盯著紙面。

「那個隱形的第四人究竟是誰……」

他念著念著好像又愣住了。趙雲見狀，也不敢輕易打擾，只能安靜地坐在一邊。

「他比我先發現凶手，究竟有什麼線索是他知道，但是我不知道的。是什麼……」

寧蕭著魔了一般，在紙上不停地寫寫畫畫。

「異樣，異端，不合理……」他不斷重複著這幾個字，突然抬起頭來。「趙雲！」

「到！」

趙雲嚇了一跳，反射性地就要敬禮回應，意識到不是徐尚羽在喊他，他才鬆了一口氣，又有些沮喪道：「你喊我什麼事？」

「帶我去見李愛華的堂弟！」

「你不是說他不是凶手嗎？」趙雲困惑道。

「他不是。」寧蕭道：「但是他身上一定有線索，而且徐尚羽被綁架之前一定去找過他。」寧蕭忖度：「不，不僅僅是見過他，而是就在他眼前，徐尚羽被人綁架！」

「什麼？」趙雲嚇了一大跳，接著又是憤怒。「那他還什麼都不說，耽誤了我們多少時間！」

「他當然不會說，因為他不敢。」寧蕭笑了。「如果他說了，下一個死的就是他。走，帶我去見他，盡快。」

趙雲看著這個毫不猶豫地使喚自己的傢伙，很想提醒他客氣委婉一點，但是寧蕭毫不留情地催促道：「快啊，沒有多少時間了。」

趙雲無奈，「跟我來，我開車帶你去。」

寧蕭跟在趙雲身後，突然側頭，看著城市邊緣不斷沉下去的夕陽，雙眸中也映上一片餘光，清輝內斂。

隨即他轉身，離開。

此時，距離和綁匪約定的最後時限，還有七個小時。

違反規定帶一個外人去訊問室，被發現了一定沒有好下場。但是現在所有人只希望盡快找出凶手，救回徐尚羽。所以，當警局的人看見趙雲帶著寧蕭進了訊問室時，都是睜一隻眼閉一隻眼，把他們當作隱形人一般。

「李愛國。」

寧蕭坐到臉色蒼白的男人面前，第一句話不是問徐尚羽在哪裡，而是問道：

「你把張瑋瑋藏到哪裡去了？」

第十五章

不可能之人（七）

IT MUST BE HELL

寧蕭問出那句話後，在場的人包括刑警，無人不是一臉驚愕，而李愛國臉上除了驚愕更帶著些許慌亂。

寧蕭知道自己賭對了。

他看了李愛國一眼，繼續道：「一個十一、二歲的小孩，沒有大人的照顧，在外面怎麼獨自生存？而我幾次見到他，他都是穿著完好，身上也很乾淨，一點都不像是離家出走。這證明有人在偷偷照顧他，不是嗎？說不定是有人把孩子藏起來，不想被人找到。」

寧蕭說完這句話，看見李愛國放在膝蓋上的手不自覺地收緊握拳。

他笑一笑，繼續道：「明明孩子不見了這麼久，你們有心思為他母親辦葬禮，卻抽不出時間去找人，看起來你們似乎並不是很關心孩子的去向？不，或許我該說，你們知道他在哪裡。」

寧蕭直視著對方的眼睛，目光灼灼不容退縮。

「讓我來猜一猜，其實張瑋瑋根本沒有失蹤，對嗎？他只是被某人藏匿起來。你們故意報警說孩子失蹤，究竟是想騙誰？是想欺騙這些刑警，還是說，想隱瞞的是其他人？」

寧蕭每說一句，李愛國就顫抖一下，彷彿在承受著無形的拷問。

雖然他還是緊抿著唇，始終不肯說出一個字，但是寧蕭知道，這個人已經不堪重負了。

現在需要的，只是壓垮駱駝的最後一根稻草。

他湊上前，附在李愛國耳邊輕聲道：「徐警官出事前找過你，也許他是來告訴你他已經知道誰是凶手，也許他是勸說你出庭作證，但是你猶豫了。之後，有人把徐警官綁走，這更讓你害怕得不敢說出真相。是不是，李愛國！」

他最後幾句話忽地提高音量，讓那個三十好幾的大男人一下子不堪承受，彷佛一隻流浪狗般地發出嗚咽悲鳴。

寧蕭絲毫沒打算放過他。

「你知道誰是凶手。」

除了偶爾從喉嚨裡洩漏出的嗚咽聲，李愛國依舊沒有開口，但是臉上恐懼的表情已經出賣了他。

寧蕭將他所有的表情都收入眼底，隨即轉身。

「走吧。」

「什麼？可是他什麼都沒招供啊。」

「他已經告訴我很多了。」寧蕭說：「現在我們離真相只有一步之遙。」

「那現在要去哪裡？」趙雲問。

寧蕭想了想。「我要知道徐尚羽被綁架之前，最後去的地方是哪裡。」

一分鐘後，他被帶到徐尚羽的辦公桌前。

這個辦公室是好幾個人共用的，徐尚羽的辦公桌在靠窗的位置。桌上的擺設很簡單，除了幾本出勤日誌、卷宗文件，就只有一枝筆、一本書，還有一個空白相框。

「那天徐隊長和我們失去聯繫之前，曾回過警局。」趙雲站在他身後，道：

「不過我們也翻找了好幾遍，徐隊長什麼都沒有留下。」

「不，他一定留下了什麼。」寧蕭道：「徐尚羽不是那種會做無意義事情的人。如果不是和案件有關，他不會白跑這麼一趟。」

以徐尚羽的性格，他是個做事效率極高的人，既然回來警察局，那一定是發現了什麼，肯定會留下一些線索。沒有發現這些線索是他們的問題，觀察得還不夠仔細，才會遺漏了某些關鍵。

寧蕭托著下巴喃喃自語，突然發現身邊變得很安靜。他轉過身，看到趙雲正用一種古怪的眼神看著自己。

「怎麼？」寧蕭一愣，不禁打量自己。褲子拉鍊沒開，身上也沒有沾到髒東西。那趙雲的表情是什麼意思？

「沒，我只是想，你和我們隊長認識還沒多久吧？」趙雲道：「但是有時候，我覺得你很了解他，比我們這些相處多年的隊員更了解他。」他抓了抓頭，「大概這就是緣分？有些人總是比較投緣。」

如果陸飛在這裡，他一定不會像趙雲這麼客氣，而是會直說：既然你和我們隊長這麼投緣，我們隊長又對你表達過追求的意思，索性你們在一起好了，皆大歡喜。

寧蕭不笨，他聽出了趙雲的言外之意。不過這種越解釋越不清不白的事，他才懶得多說。

「這本書……」他拿起桌上一直倒扣著的一本書，這時候仔細看才發現，竟然是他的作品。

「這本小說隊長這幾天一直在看，有什麼不對嗎？」

原來徐尚羽還真的把自己的小說買回來看了。

寧蕭隨手翻了一下，突然發現不對勁。

在書頁的幾個角落有明顯的折痕，然而整本書其他地方卻是乾乾淨淨，封面上連一絲劃痕都沒有，偏偏徐尚羽將那幾頁的書角折了起來。

他又看了看徐尚羽整個辦公桌的布置，簡潔、俐落、收拾得整整齊齊。像這樣有輕微潔癖的人，怎麼會在新買的書上隨意凹折？

這就是不合理之處！或許這就是徐尚羽留下的線索。

寧蕭略帶興奮地翻看那幾頁。

書上的內容他基本都能倒背如流。這裡面真的會有有用的內容嗎？

不，不能陷入簡單的套路裡。寧蕭搖頭否定自己。大量冗雜的資訊反而會打亂思路。現在不能把全部精力都投入其中，應該蒐集更多的線索。

「那天，你們隊長回警局後，還去了哪裡？」寧蕭問。

他得到的答案是冰櫃。

是了，那時候李愛華的屍體還在警局的冰櫃裡，徐尚羽一定是去調查了某些線索。

「你要去看嗎？季法醫現在正在驗屍，一會結果就出來了。」趙雲看著寧蕭的表情，略帶小心地問。

「不，我不去。」寧蕭對他搖了搖手，「驗屍結果出來後再告訴我，現在能讓我在這裡一個人待著嗎？」

「可以是可以，但是你注意不要隨便翻那些文件。」

「我知道。」寧蕭不耐煩地揮了揮手。「我對它們沒興趣，讓我一個人靜一會。」

趙雲走後，寧蕭獨坐在徐尚羽的辦公桌前。

整個警局現在是少有地安靜，為了徐尚羽的事情，所有人都跑上跑下，忙得不可開交，沒人有空閒在局裡待著。

寧蕭閉上眼睛，聽著門外走廊上時不時傳來的一串急匆匆的腳步聲。

那聲音在空曠的走道裡傳得格外遠，噠、噠、噠，彷彿一下一下地敲在心頭。

寧蕭的大腦正在高速運轉。

他正在將所有的線索抽絲剝繭，慢慢地連結到一起。

其中有些疑點，是寧蕭到現在都還沒有想通的。

張瑋瑋究竟為什麼要躲藏起來？為什麼李愛國表現得那麼倔強？是有某一個讓他們都感到忌憚而不得不躲避的人物嗎？那個人會是誰？

不，不僅僅是忌憚。如果這個讓張瑋瑋必須躲藏起來的人，就是殺死李愛華的凶手，那為什麼李愛國至今都不敢說實話？僅僅是因為害怕報復？

不像。

比起害怕，更像是一種……包庇？

會有這樣一個人存在嗎？他殺死了你的親人，但是你卻不願意讓他受到法律制裁。

究竟是什麼樣的一種力量，超過了內心的憤怒，讓知道真相的人選擇沉默？

寧蕭視線掃過桌面上的《神探提摩爾》，看著封面上的黑衣偵探。一瞬間，他的眼睛和提摩爾的雙眼對上，彷彿這個筆下的人物正透過薄薄的紙面直視著自己。

你猜是什麼，寧蕭？

在這世上，比恨更偉大的力量，是什麼？

寧蕭彷彿聽到提摩爾這樣無聲地問著自己。

下一秒，他從椅子上猛地跳了起來。

是的，是的，這樣就想通了。

張瑋瑋為什麼要躲起來。

李愛國為什麼要包庇凶手。

什麼人能夠第一時間痛下殺手，但不會被人懷疑。

全部的線索都串起來了！

寧蕭興奮得不能自已。這種一下子突破了一個大謎團的感覺，讓他就像嗑藥一樣地無法自拔。

不過在原地轉了幾圈，他心裡又有些不痛快。

徐尚羽這個傢伙，竟然比自己還要早發現了答案。這種明明發現了寶藏，卻被人捷足先登的感覺，實在是太不爽了！

正在寧蕭陷於喜悅和糾結的矛盾情緒時，趙雲突然一把推開門闖了進來，滿臉無措。

「寧蕭，不好了！季法醫剛才查出來，李愛華的死因……」

「根本不是氰化鉀中毒，是嗎？」寧蕭在他開口之前，就已經道出真相。

趙雲瞪大眼睛看著他。

「你、你在我身上裝了竊聽器？」

「當然不是。」寧蕭笑道：「我頂多是在自己的大腦上裝了一個外掛。」

在趙雲聽明白他的自吹自擂之前，寧蕭已經推門而出。

「走吧，去找季語秋，我還有很多事要問他。」

「啊，但是，」趙雲有些著急地看了一下時間，「剩不到四個小時了，我們對凶手還毫無頭緒，不會來不及救隊長吧？」

「凶手？」寧蕭回頭看他，一拍腦袋。「哦，忘記告訴你，我已經找出凶手了。」

他對著目瞪口呆的趙雲咧嘴一笑，露出一口白牙。
「所以現在，我們就去找他約會。」

第十六章

不可能之人（八）

IT MUST BE HELL

七點半，巡房的護士剛走，張明躺在床上，目光呆滯地望著窗外。

今晚的他特別安靜，除了護士來的時候回答了幾句話，其餘時間都一言不發。要不是他還在呼吸，其他人幾乎以為他只是一具屍體。

「老張，有人找你。」

這時候，一個病患推門進來。

「大半夜的也不知道有什麼急事，正在會客室等你呢。」

張明慢慢地從床上坐起身，轉頭看著他，「找我？」

「是啊，說是有急事，你快去吧，再晚就到門禁的時間了。」

張明慢慢地從床上坐起。他的手上纏著繃帶，起身時很不方便。見狀，身旁的人伸手就要去扶他。

「不用了。」張明忍著疼痛，用纏著繃帶的雙手撐起身軀。「我自己可以。」

然後，他在周圍人異樣關注的目光中，晃著纏滿繃帶的雙手走出病房。

這種同情的眼神他看多了，早就已經麻木。

兩個月前，妻子說要離婚的時候，他就開始承受旁人的同情。像他這樣年齡稍大的男人，又沒有多少財產，離了婚怎麼可能找到第二個老婆？他甚至連孩子的撫養權都爭取不到。

一個星期前，醫生宣布妻子死亡的消息時，他也在對方眼裡看到那種憐憫的目光。

而就在今天，岳父在電話中告訴他，警察調查出妻子不是自殺，而是被人殺害時，對方的口氣也微微帶著憐憫。

這些，張明都注意到了。

這些人同情他、可憐他，認為他是一個失去老婆、一無是處的男人。他又能怎麼反駁呢？他無法反駁，因為他的確很沒用。

七點多，離醫院的門禁時間還有一個小時左右。張明走進會客室之前，醫生先仔細審視了他的狀況，然後才開門放他進去。跟在醫生身後進門的時候，他聽到醫生和某個人說話的聲音。

「寧先生，患者精神狀況還不是很好。有什麼事請按門邊的呼叫鈴，我們會第一時間趕過來。」

「好的，我明白。」

張明聽到一個年輕人的聲音，他抬頭看去，正對著門口的座位上，坐著一個年輕男人，看起來不過二十三、四歲，非常年輕。

「那好，我先走了。」醫生臨走前看了下時間，對張明說，「半個小時後護士會來接你回病房。記住，不能有太大的情緒起伏。」

張明點了點頭，注視著醫生關門離開後，才把視線投向那個年輕人。

這一次，他仔仔細細地打量了這個陌生人。

清俊的相貌、明朗的眉眼，是看起來十分舒服的樣貌。光看外表，他覺得對方應該還只是一個涉世未深的年輕人。

很快，張明就為自己的輕視付出了代價。

「你好，張先生。」年輕人站起身來，伸出手準備與他相握。「我是寧蕭，這次來是通知你李愛華一案的進展。」

「你好，實在非常抱歉，我這樣有些不太方便。」張明尷尬地揮了揮手，他的雙手都包裹著繃帶，不能握手。

「張先生受傷了？」寧蕭看著他手上的繃帶，「看起來還滿嚴重的，不要緊嗎？」

「沒關係，只是燙傷，前幾天我自己不小心弄的。」張明搖頭，轉移話題切入重點道：「關於我妻子的案情，你們調查得……如何了？」

「我今天特地為此而來。」寧蕭走到他身前，再次坐下。「有一個好消息要告訴你，張先生，殺害你妻子的凶手，警方已經抓到了。」

那一瞬間，張明的瞳孔猛地縮緊。

「抓到了？」他控制不住地身體前傾，表情激動，「……是誰？」

寧蕭專注地看著他臉上每一絲變化，右腳翹上左膝，雙手交握。

「那個人你也認識。他正是你妻子的堂弟，李愛國。」

「愛國？」張明露出明顯的錯愕，隨即就是不敢置信。「不，不可能，怎麼會是他？」

「怎麼不會是他？」寧蕭反問，「根據警方目前掌握的證據，一個多月前，李愛華和李愛國因為老家房子拆建補助款的分配問題，曾經大吵一架。這就是動機。他身為李愛華的親人，可以自由出入她的公寓而不引人注意，這就是作案條件。」

「可是愛華她……她是他的姐姐啊，他怎麼可能這麼做！」張明仍舊是不敢相信道：「你們問過他了嗎？他怎麼說，是不是有什麼苦衷？」

「是，我們問過了。」寧蕭道：「他說……」

「說什麼？」張明的語氣明顯激動起來。

寧蕭故意停頓了一會，笑道：「他什麼都沒有說。但即使是這樣，只要證據充分，法院一樣可以定罪。張先生難道不希望真凶伏誅嗎？」

張明心中的感受難以言喻。一方面，他驚訝於警方竟然這麼快就知道凶手了；另一方面，對於愛國他還是有些惋惜。

「不，我只是沒想到會是他。愛國他……本來和他姐姐的感情很好……」

「感情再好，也禁不起利益的誘惑和別人的挑撥離間。夫妻大難臨頭也會各自分飛，人偶爾做一些蠢事也不奇怪，你說是嗎，張先生？」

張明看向眼前這個年輕人，覺得他似乎有言外之意。

寧蕭微笑，「對了，我剛才似乎不小心漏了一句話。我之前說李愛國是凶手，這句話並不準確。應該說，他只是幫凶。」

張明一愣，「幫凶？」

「是的，主嫌另有其人。其實我也正想問一問那個真凶——」

寧蕭看著他，微笑。

「殺害自己妻子的感覺如何，張明？」

轟隆隆隆！

窗外一道落雷隨著閃電劈下，砸中寧蕭最後的尾音。

張明的臉色在電光下變得青白，他看著寧蕭，露出一絲勉強的笑意。

「不要和我開玩笑了，寧警官。這件事並不好笑。」

「我要糾正你兩點。」

寧蕭站起身，走到他面前。他逼近張明，緩緩道：「首先，我並沒有開玩笑。我本來只是存著試探的心思，但是你露出的破綻實在太多了，一下子就落實了罪名。」

「寧警官，說話要有證據。」張明蹙起眉頭，「我為什麼要殺害我自己的妻子？」

「哦，這個原因就多了。因為離婚、因為家產的分配、因為孩子的撫養權，或者是因為你愚蠢的自尊心。」寧蕭道：「理由太多，這要問你自己，而不是問我。」

「你這是在汙衊我！你……」

「汙衊？你要證據，我就一個個仔細說給你聽。」

黑色的眸子看著張明，寧蕭微笑。

「首先，李愛華的死因。最初大家都認為她是服用苦杏仁自盡，但是警察返回現場時，發現整間屋子只有桌面異常乾淨，這引起了我們的懷疑。不出意外，在她客廳的桌面上發現了殘留的氰化鉀。一開始我也被迷惑，認為李愛華是死於氰化鉀中毒，而凶手曾經返回現場，試圖消滅證據，只是反而不巧地留下了線索。這麼看來，只有她極為親近的人才有可能辦到，一個月內進入過她家的親屬，除了她的父親，就是李愛國。

「如果案件就這麼進展下去，李愛國毫無疑問會被認定是凶手，這也正是你的預謀，不是嗎？」

張明反駁道：「你也說了，愛華是中毒而死，但是那段時間我根本沒有回家，我怎麼有辦法作案！」

「這就是重點。為什麼李愛國有嫌疑？因為他確確實實在李愛華家裡抹了少量的氰化鉀。如果去訊問他，最後得到的結果就是他承認自己投毒，然後『真相大白』。」寧蕭道。「但是真相真的是如此嗎？」

寧蕭搖了搖頭，繼續道：

「仔細想想，一個能夠巧妙地將謀殺偽裝成自殺的凶手，為什麼會露出這麼大的破綻？除非，他是故意的。反過來想，也許凶手返回現場並不是為了消滅證據，而是為了偽造證據。那桌上殘留的氰化鉀或許不是案發時遺留的，而是之後凶手故意塗上去的。

「那麼問題來了，為什麼他要這麼做？」

寧蕭看向張明：「你認為呢？」

外面電閃雷鳴，張明坐在位子上一動不動，就像是一具僵硬的乾屍。聽到寧蕭的問話，他只是眼珠轉向他，眼白裡泛起一片紅絲。

寧蕭淡淡道：「既然你不願意回答，那我就替你說。那是因為，李愛華的死因根本就不是氰化鉀中毒！李愛國投放的微量氰化鉀根本不足以致死，只是對他堂姐的一個小小的懲治。而凶手則利用了這一點，故意在桌上殘留下大量的氰化鉀，引起我們的注意，誤導警方偵查。」

寧蕭說到這裡，眼睛一眨也不眨地看向張明。

「說實話，我真的差點上了你的當。這一切都是為了轉移我們的視線。真正的殺人行動，其實是在你進屋的那一刻開始！你趁著一片混亂，偷偷把注射器裡的空氣推進李愛華的靜脈，自以為天衣無縫。甚至，連李愛國投放氰化鉀報復堂姐，也是你慫恿的，只是為了讓他成為你的擋箭牌！」

張明渾身一顫，不可思議地抬起頭看向寧蕭。

「用自殺拖延偵查方向，誤導法醫，在屍體已經滿身屍斑的情況下，發現一個小小的針孔非常不容易。要查明李愛國只是一個替死鬼，真凶另有其人，也十分不容易。」

寧蕭看向他。

「但是再難，也不是絕對不可能。事實上，我們發現了李愛華屍體上的針孔，也查出真正的死因。法網恢恢，疏而不漏，你還是難逃責難。」

即使到了這一刻，張明還想狡辯。

「不，不是我！這一切都只是你的猜測，沒有證據！」

「要證據？」

寧蕭嘲諷地笑道，上前一步，用力抓住他纏滿繃帶的雙手，無視張明的哀號，道：「證據不就在你手裡嗎？張明，告訴我，你這雙手是怎麼受傷的，真的是燙傷？其實是被氰化鉀灼傷的吧！」

他漆黑的眸子注視著張明，如同緊盯著獵物的獵人。

「正好這裡是醫院，要不要讓醫生仔仔細細地檢查一遍？我敢打賭，你在桌上倒氰化鉀的時候，一定沒有注意到它的揮發性，所以讓自己也受傷了。不僅是手，你的皮膚、呼吸道、身上的每一個部分，都留下了證據。」

張明急促地喘著氣，開口想說些什麼。

「你還想要狡辯嗎？」寧蕭看著他，突然揚起嘴角。「啊，我忘記了，還有一個重要的目擊證人——你的兒子。」

聽見這句話，張明的眼神終於慌亂起來。

「瑋瑋，你們把他怎麼了？瑋瑋呢，我的兒子呢！」

「放心，他沒事。」寧蕭道：「只是這個孩子，大概一輩子都不想見到你了。」

張明一愣。

「起初我還覺得十分奇怪，為什麼一個孩子在這種時候失蹤，他的家人卻不聞不問。直到現在我才明白，張瑋瑋根本不是失蹤，而是在躲著你！」

寧蕭迫近張明，字字句句重擊著他：「你真的以為孩子就什麼都不明白嗎？」

沒錯，與父親一起衝進房間的張瑋瑋，恰巧也是目睹全部罪行的證人。

張明以為當時場面混亂，張瑋瑋還小，所以什麼都不懂。

真的不懂的話，孩子怎麼會躲起來？

真的不懂的話，為什麼李愛國會在自己被認為是嫌犯之後，還什麼都不願意說？

或許，早在孩子懵懵懂懂地去找親人們陳述父親的奇怪舉動時，李愛華的家人就已經發現了真相。

但是他們選擇緘默，任由張明的計謀得逞。因為他們不希望孩子失去了母親後，還要失去父親。

他們不想讓張瑋瑋承擔一輩子的痛苦，不想讓孩子承受父親殺害母親這個真相的折磨，不想讓他背負著殺人犯之子的惡名！

於是，李愛華的娘家人選擇將孩子藏起來。以為孩子躲著一天，真相就會晚一天被發現。他們是為了保護張瑋瑋。

同樣的，寧蕭也可以利用這一點讓張明認罪。他看著張明，給予他最後一擊。

「還需要證據的話，我們可以去將張瑋瑋找來。當面告訴他，那一晚他看到的情景，其實是父親正在殺害自己的母親。」

「不！求求你！不要！」

這一句話，終於將張明徹底擊潰。

「不要告訴他，求你們不要告訴他！我認罪！我認罪！」

他說到這裡，已經哽咽起來。

「是我的錯，我鬼迷心竅。愛華看不起我，嫌我窮，還想要跟我離婚，帶著孩子和其他男人一起生活。我不能讓孩子有繼父，不想讓他受委屈！可是我勸阻不了愛華，怎麼求她都不行！我、我只能自己把孩子搶過來……我以為殺了愛華就可以和瑋瑋一起生活……我……」

寧蕭看著他，眼中流露出明顯的譏諷。

「不，你一點也不是鬼迷心竅。設計了這麼多環環相扣的計謀，你早有準備。在這其中，哪怕有一個環節，你放棄了謀殺的念頭，李愛華也不可能會死。

張瑋瑋也就不會失去雙親，變成一個殺人犯的兒子。

「你憤怒，你想殺李愛華，只是因為本來屬於你的女人違抗了你。而偏偏你不敢去找搶走她的男人報仇，只能選擇殺死一個手無縛雞之力的女人。這樣膽小懦弱，難怪李愛華看不起你。

「你可悲的自尊心不僅害了自己，更害了你的兒子，張明！」

張明渾身顫抖，雙手捂住臉，再也忍不住地痛哭失聲。

寧蕭靠在窗邊，靜靜地看著雨夜，許久，才嘆了一口氣。

這場謀殺，起因竟然是一個男人小小的自尊心。

而李愛華的家人，他們是真的被蒙在鼓裡，還是為了孩子而選擇忍氣吞聲？恐怕是後者吧。

有時候人的感情真的很奇怪，失去了一個，就不想失去更多，為此哪怕遮遮掩掩、犯下錯誤也在所不惜。

他們認為這是保護，為此寧願委屈死者，讓李愛華死得不明不白。畢竟死人比不上活人，案件的真相比不上孩子的將來重要。

如果說張明是凶手，李愛國是幫凶，那麼知道真相而選擇隱瞞的每一個人，又何嘗不是凶手？

他們選擇沉默，但是真相就在那裡，它明晃晃地立在每個人的頭頂，不容忽視。

哪怕用大地上所有的泥土將它掩埋，罪行終究會暴露在世人眼前。

第十七章

不可能之人（完）

IT MUST BE HELL

室內，除了張明急促的喘息聲，再也沒有其他聲響，安靜得可怕。寧蕭靠坐在窗前，看著雨水不斷吹打在玻璃上，不知道在想些什麼。

直到門外傳來一陣敲門聲，打破了這份寂靜。

寧蕭立刻道：「進來。」

不一會，趙雲進門，手裡拿著一支手機，是張明的。

「陸飛那邊已經和孩子的外公開誠布公，他們說願意出庭作證。」

寧蕭點了點頭，「我這邊也搞定了。」

他看向正在埋頭痛哭的人，起身走到對方面前，蹲下。

「張明，現在你還有一次機會。」

張明迷惘地抬起頭，便看到寧蕭接過手機，舉到他眼前。

「如果能將被綁架的刑警平安地帶回來，你至少還有一條活路。」說著，寧蕭將手機丟給他。「要不要做，你自己衡量。」

張明看著手機好長一段時間，咬一咬牙，道：「綁匪不會聽我的。」

「哦？這倒奇怪，難道你不是他們的雇主嗎？」

「我也是透過仲介才雇用到這幫人，那群亡命之徒只認錢。」張明道：「我們說好，事成之後，把賣房子的錢給他們作傭金，但我只負責給錢，真正聯絡並指示他們的人並不是我，他們只聽仲介人的安排調動。」

真有意思，原來一場綁架背後還另有真相。寧蕭越來越覺得，這件事情十分不簡單。

「你有仲介人的聯繫方式嗎？」

「沒有，都是他聯繫我，每次都換不同的號碼。」

聽張明這麼說，寧蕭對這個所謂的「仲介人」越來越好奇。

「既然是仲介的話，他收取多少費用？」

張明猶豫了一下，「……沒有。」

「什麼？」寧蕭微訝。

「真的沒有！」像是怕他不相信，張明發誓道：「我也是在走投無路的時候，仲介人自己聯絡我說可以幫忙。綁架警察這件事完全是他的意見！我本來沒有這麼大的膽量，真的！」

「你綁架徐尚羽的原因，也是聽信仲介人的教唆？」

「是……他們說有個警察已經發現我是凶手，為了防止真相曝光，最好趕緊下手。」張明老實道：「我也是害怕，才會聽信他們的話。」

一直在旁邊圍觀的趙雲終於聽不下去了。

「不管你是不是聽信讒言，張明，我告訴你，要是隊長因為你而出了什麼意外，你兩條命都不夠賠！你這輩子就完蛋了！」

張明聞言瑟縮了一下，眼裡流露出絕望。他祈求般看向寧蕭，這個他現在唯一可以求救的人。

寧蕭看向他，笑道：「他說的沒錯，如果徐尚羽再出意外，你手裡就有兩條人命，你本事再大也別想逃出生天。不過，也不是沒有辦法。」

「什麼辦法？告訴我！我一定會做！只要能留我一命，不要讓瑋瑋再沒了爸爸！我什麼都願意做！」張明上前抱住寧蕭的大腿，不斷地懇求。

「那好，我問你，綁匪的聯繫方式你應該有吧？」

「有、有的！」

「好。」寧蕭道：「你現在唯一要做的，就是打電話告訴綁匪，說你已經被警方懷疑，叫他們趕緊逃跑。」

「什麼！」趙雲大吃一驚，「你讓他這樣說，不是告訴綁匪趕緊撕票嗎！隊長怎麼辦？」

「放心。」寧蕭看向他，「我可以打賭，這是唯一能保證徐尚羽安全無虞的辦法，相信我。」

「可是隊長他……」趙雲還是不放心。

寧蕭無奈道：「我之前跟你說過，我已經猜到徐尚羽被關在哪裡，但是沒有找到凶手之前不能輕易去圍堵他們。你有沒有想過是為什麼？」

趙雲一愣，歪頭想了想。「難道隊長被困住的地方有些特殊，你怕打草驚蛇？」

「風聲、汽笛、狹小空間內的回音。」

寧蕭一一列舉著徐尚羽打來的電話中，透露出的那些細節。

「滿足這些條件的只有港口，徐尚羽很可能被關在港口的某間倉庫內。但是港口的位置特殊，人來人往，要是警方貿然地衝進去，不但抓不到人，還會讓對方有機會趁亂逃脫，甚至殺人滅口。」

說到這裡，寧蕭看了張明一眼。

「但是『自己人』通風報信就不一樣了。張明的警告會讓他們亂了陣腳，但也不至於魚死網破，他們暫時還會認為自己是安全的，想要抓住最後的機會逃跑。綁匪絕對不會在此時浪費時間除掉徐尚羽，製造不必要的麻煩。他們會祕密潛逃，你們只要派人盯住今晚出港的人，就一定能發現這群傢伙。而徐尚羽，肯定會被他們帶在身邊。到時候裡應外合，抓住犯人絕對不成問題。」

「裡應外合……」趙雲苦笑，「可是隊長他是人質，身上根本沒有武器。」

寧蕭給他一個白眼。

「要是僅僅因為這樣徐尚羽就毫無反擊之力，那他能成為你們的隊長？相信我，他肯定早就準備好了後路。」

趙雲啞口無言。

他越來越覺得，寧蕭是不是隊長失散的青梅竹馬？要不然他們相識僅短短一段時間，他怎麼能對隊長這麼了解？

「現在……」寧蕭的視線轉向張明，「究竟能不能成功爭取活命的機會，就看你的表現了，張明。」

張明順著他的視線看向手中的手機，一時只覺得無比沉重。

晚上九點多，徐尚羽正閉目養神，突然聽見一陣騷動。他悄悄掀起眼簾，只看到倉庫內值班看守他的幾個綁匪神色慌亂。

「怎麼會？雇主那邊被警方盯上了，他叫我們趕快逃跑！」

「這究竟是不是真的？」

「聯繫仲介人！快，聯繫他們！」

「老大，聯繫不到，仲介人不回我們訊息！」

綁匪老大坐在屋子正中間，看起來還算鎮定，可是他不斷敲打著膝蓋的左手，已經暴露了他的慌張。

徐尚羽不動聲色地把這一切都看在眼裡，隨即閉上眼睛養精蓄銳。

他知道，機會已經來了。

「撤！」老大終於下令。「趁警方找到我們之前，趕緊撤離！」

「可是老大，這個傢伙怎麼辦？」有人指著徐尚羽，「現在就把他撕票了？」

「撕你個頭！」老大猛地一捶他的腦袋，「你是嫌我們現在麻煩還不夠多嗎？直接把他帶到船上，到時候丟進海裡一了百了。現在趕緊去港口探路，把這傢伙帶著，別出意外。」

「是，老大。」

有人走過來抓住徐尚羽，徐尚羽裝作一副剛剛被驚醒的模樣，慌張地看著拉著他的綁匪。

那人見狀，輕蔑道：「現在的警察一個個都跟弱雞似的。看什麼看！還不快起來，跟我走。」

因為徐尚羽格外「虛弱」，所以老大只安排了兩個人押著他。為了不引起別人注意，他們十幾個人分頭行動，分別走不同的巷道。而這種安排，恰好給了徐尚羽機會。

押著他的人一個在前，一個在後，雖然看不起這個沒用的刑警，但是也不敢太過疏忽大意。

走到一半，徐尚羽突然踉蹌了一下，一下子和身後的人撞在一起。

「你幹什麼！沒長眼睛啊？」

走在後面的綁匪立刻怒了，上前揍了徐尚羽一拳。好像發洩得不夠，又撲過去打了幾拳。

走在前面的綁匪轉身看了一眼，見同伴占了上風，警察被縛著雙手挨打，就不以為意地繼續探路。「我說你好了沒有啊，不要太耽誤時間。」過了一會沒聽見回答，又道：「喂，別玩了，老大等不及了。」

身後的打鬥聲漸漸地安靜下來，走在前面的人頭也不回道：「終於舒服了？人沒被你打死吧？」

「沒有。」身後的人冷聲道：「放心，現在我還沒有這個興致。」

綁匪聽見聲音不對，連忙回頭看去。可是他一轉頭，迎面而來就是一記重拳，拳頭砸上眼眶，那是他昏倒前的最後一個景象。一聲哀號也沒有，綁匪直直地倒了下去，不再動彈。

徐尚羽笑一笑，站直身軀，吐出嘴裡的血沫。縛住他的繩子早在這幾天就被他用指甲慢慢磨破，只是一直裝作不能動彈讓綁匪們掉以輕心。這時候有機會揍人，能放過這個機會？

解決掉兩個小嘍囉，徐尚羽找了根繩子隨手把他們綁了起來。腦中計算著剛才綁匪老大安排的撤退路線，盡量挑不會與他們碰面的巷子走。

不到五分鐘，他就在視線內見到了想見的人。

「隊長！」

陸飛看到他也是一臉驚喜，連忙撲過來。幾天幾夜沒好好休息的徐尚羽一點也不露疲態，一把抓住他，狠狠地揉了他的腦袋。

「怎麼知道在這裡等我，嗯？」帶著夜風的簌簌聲，徐尚羽沙啞的聲音傳了過來。

「都是寧蕭說的，他說如果你脫困了，一定會走這條路來與我們會合！」陸飛驚喜道：「他果然說對了！」

「寧蕭……」徐尚羽喃喃念著這個名字，摩挲自己帶著鬍碴的下巴，半晌，英俊的臉上露出一個笑容。

「我就知道是他。」黑夜裡，他的聲音帶著難言的笑意。「我想見他，他在哪裡？」

一個小時後，成功獲救的人質總算見到了這次的大功臣。一見面，徐尚羽露出笑容，走上前殷勤地握著寧蕭的手。

「多謝，多謝，這次多虧了你，善心的好市民。」

寧蕭聽見他這句話，不知為何抖了一下。他連忙抽出自己的手，「不用，你要是真的感謝我，下次就少找些麻煩給我。」

徐尚羽絲毫不介意他的疏離，脫掉沾滿灰塵的大衣，往自己辦公桌上一坐。

寧蕭看了看他，好像有什麼話想問，但又不知道怎麼開口。

徐尚羽好笑道：「你有什麼話就直說，不要這麼——」他把「可愛」兩個字吞了回去，「鬼鬼祟祟的。」

寧蕭也不扭捏：「那我就直接問了，你究竟怎麼判斷出張明就是凶手？」

沒有二次驗屍的結果，沒有更多的證據，徐尚羽竟然早一步追查出凶手，寧蕭一直嚥不下這口氣。

「這個還要多虧你的書。」徐尚羽翻開桌上的《神探提摩爾》，道：「我之前不是在看你的小說嗎？而這本書裡正好提到《金甲蟲》。」

《金甲蟲》是推理小說先驅愛倫．坡的一部作品。徐尚羽身為刑警，看過這部名作也很正常。

「《金甲蟲》中，主角的朋友裝瘋賣傻，成功戲弄了他的老伙計和老僕人，最後還憑藉聰慧取得了海盜的寶藏。最初我看這篇作品的時候就在感嘆，聰明的人似乎總是喜歡扮豬吃老虎。而你的小說裡，金甲蟲寓意死亡。這不由得讓我聯想到——一個聰明卻裝瘋賣傻的凶手。」

徐尚羽舉起手中的書，對著寧蕭道：「只要順著這個思路，再去蒐集證據就容易多了，不是嗎？」

原來是這麼一回事……

聽完徐尚羽的解釋，寧蕭的心裡總算沒有那麼彆扭。

他順手接過書，翻到小說的結局，書的最後有他留下的「每書一謎」。

翻到這頁，寧蕭突然一愣，隨即他的臉色變得慘白，像是不敢置信一般瞪大了雙眸。

他走到窗前，又來來回回走了好幾圈，像是被某個事實震驚到，但是又不敢相信。

「徐尚羽……你還記得那天到李愛華家送信的郵差長什麼樣子嗎？」

「怎麼了？」徐尚羽看著他的表情，忍不住皺眉。

「快打電話到郵局！快！」

見寧蕭這麼著急，徐尚羽心裡也泛起了疑惑，很快，他讓人去本地的郵局詢問。

然而得到的回覆是：當天下午，也就是寧蕭與徐尚羽第一次返回現場的那個時間，郵局根本沒有派人去李愛華所在的社區送信。他們的郵差早在上午就去過了。

聽到這個消息，徐尚羽也愣住了。他和寧蕭對視一眼，在對方的眼中同樣看到了疑惑。

那麼，如果不是郵局的工作人員，他們那天在樓下遇見的那個郵差究竟是誰？怎麼那麼巧合地，就在他們調查五〇二室的時候，送來了一封郵局退回來的、李愛華寄給她人的信件。

如果不是這封退信，寧蕭他們根本不會開始探索這件「自殺」案件的真相！

這一切，究竟是巧合，還是冥冥之中的某種預謀？

而寧蕭的腦海中，想到的事情比徐尚羽更多。他想到了幾天前自己剛剛寄給編輯的小謎題。

小張決定謀殺女友。在自己生日當天，他騙女友吃下含致死化學物質的蛋糕，毀滅證據後偽裝成女友服毒自殺。然而幾天後，小張卻在收快遞時被警方當場逮捕。

提問：小張的破綻在哪裡？

在這個謎題裡，答案是「快遞送的貨物是女友購買的」，警方因此偵破女友並無自殺意圖，才得以發現凶手。畢竟一個真有自殺意圖的人，不會去購買自己「死亡」之後才能寄來的東西。

同理，一個真的想自殺的女人，也不會那麼浪漫地寫信給自己的情人，傾訴愛意

小張，張明。

女友，李愛華。

快遞，退信。

同樣的服毒，同樣的偽裝自殺。

如果說一個謎題和現實中的案件出現了偶然的雷同，那也不是不可能。但最可怕的是，這兩件事同時發生在自己的身邊。

這還能說是巧合嗎？

寧蕭看著窗外，突然打了個冷顫，夜晚的寒意浸透了他的全身。

為什麼？

明明真凶已經歸案，徐尚羽也平安無事，為什麼他還是覺得自己根本沒有解開這個案子？

無形之中，似乎有一隻手牢牢地捏住了他，將他當作提線木偶一般玩弄。這種感覺，讓寧蕭覺得很不舒服。

是誰？

那個躲藏在黑暗中的人。

究竟是誰？

——《我準是在地獄01》完

高寶書版集團
gobooks.com.tw

BL027

我準是在地獄01

作　　者　YY的劣跡
繪　　者　あさ
編　　輯　林紓平
校　　對　任芸慧
美術編輯　彭裕芳
排　　版　彭立瑋
企　　劃　方慧娟

發 行 人　朱凱蕾
出　　版　英屬維京群島商高寶國際有限公司臺灣分公司
　　　　　Global Group Holdings, Ltd.
地　　址　臺北市內湖區洲子街88號3樓
網　　址　www.gobooks.com.tw
電　　話　(02) 27992788
電　　郵　readers@gobooks.com.tw（讀者服務部）
　　　　　pr@gobooks.com.tw（公關諮詢部）
傳　　真　出版部　(02) 27990909　行銷部 (02) 27993088
郵政劃撥　50404557
戶　　名　三日月書版股份有限公司
發　　行　三日月書版股份有限公司/Printed in Taiwan
初版日期　2019年9月

國家圖書館出版品預行編目(CIP)資料

我準是在地獄 / YY的劣跡著.-- 初版. -- 臺北市：高寶國際, 2019.09-
　冊；　公分. --

ISBN 978-986-361-721-1(第1冊：平裝)

857.7　　108010401

三日月書版

三日月書版

GOBOOKS
& SITAK
GROUP ©